KB195272

"응? 왜 그러느냐, 치이야?"
"잠간 할 말이 있는 거예요."

그 말에 나는 당황했다.
아니, 나뿐만 아니라
성의 누나와 성린.
그리고 지금은 아예
치이의 허벅지를 베개 삼고
치이의 인형을 꼬옥
끌어안은 채 숙면을
취하고 있는 페이를
제외한 모두가.

나와 호랑이님 25

On your mark

제3부 나와 호랑이님 결(結) 6권

카넬 지음
영인 일러스트

목차

시작하는 이야기

여름으로부터 벌써 반년.

그동안 이런저런 일을 겪다 보니 나에게도 보는 눈이 생겼다.

'심안 스킬의 숙련도가 증가하여 심안+가 되었습니다!' 같은 건 아니고.

어떤 사건을 수습한 뒤. 내가 혼자 있을 때 세희가 찾아오고, 가볍게 그 일을 돌아보는 시간을 가지는 경우가 높은 확률로 생긴다는 걸 알게 되었다는 거다.

그래서 '이번에도 그러려나?' 하는 생각으로 슬쩍 던져 본 말에.

"자, 잘 지냈던 거야?"

예상치 못한 대답이 돌아오고만 것이다.

몰래 온 손님인 밤하늘은 어색하게 손을 흔들며 인사를 했고, 그 뒤에는 넓게 펼쳐진 밤이 몸을 흔들며 기쁨의 춤을 추었다.

저건 밤 나름대로의 인사라고 생각하는 게 맞겠지.

나는 당혹감을 감추기 위해 어깨를 으쓱하며 밤하늘과 밤에게 말했다.

"나야 뭐, 보다시피."

물론 말이라는 게 하는 사람과 듣는 사람에 따라 의도가 달라지는 경우가 종종 있죠.

"나, 나중에 다시 오는 게 조, 좋은 거야?"

지금처럼 말입니다.

밤하늘은 좌우로 흔들던 손을 그대로 멈춘 채 식은땀을 줄줄 흘렸다. 얼마나 부정적으로 생각하면 내 대답을 그런 식으로 받아들이는 거냐.

아니면 내 모습이 그렇게 보기 안 좋나?

나는 피식 새어 나오는 웃음을 숨기지 않고 밤하늘에게 말했다.

"아니, 괜찮다는 뜻이었어."

"후우……."

그제야 밤하늘이 가슴에 손을 얹고 안도의 한숨을 내쉬었다.

그건 다행인데.

이런 상황에서 조금 뜬금없지만, 나는 밤하늘이 방 안에서도 코트를 입고 있는 게 신경 쓰였다. 우리 집은 고양잇과 녀석들이 많다 보니 난방이 잘 돼 있어서, 저런 차림으로 있으면 더울 테니까.

밤도 밤하늘이 더워 하고 있다 생각했는지 뒤에서 손……
저걸 손이라고 불러야 할지 모르겠지만, 별이 반짝이는 우주
의 일부분을 넓고 얇게 변화시켜서 열심히 부채질을 해 주고
있고.

"문이라도 좀 열어 줄까?"

나로서도 환기를 시켜서 나쁠 건 없기에 해 본 말인데, 밤
하늘은 화들짝 놀라서는 두 손을 휘저었다.

"괜찮은 거야. 하나도 안 더운 거야."

그러는 와중에도 밤은 열심히 부채질을 하고 있었고, 밤하
늘의 머리카락은 바람에 펄럭펄럭 흔들리고 있었다.

나는 양반다리를 한 채 손에 턱을 괴고 밤하늘과 밤을 번
갈아 바라보았다.

"으, 으으."

그 결과.

"정말 괜찮은 거야."

밤하늘은 그렇게 말하며 얼굴을 새빨갛게 물들이고서는 자
신을 위해 열심히 부채질을 해 준 밤의 몸통 부분을 팔꿈치
로 툭 쳤다. 그러자 밤이 몸을 굽히고서는 부들부들 떨었는
데, 그 안에 별똥별이 쉴 새 없이 떨어져 내렸다.

……내 눈에는 밤이 아프지는 않은데, 맞은 게 억울해서 울
고 있는 것처럼 보이는군.

그러거나 말거나, 밤하늘은 부채질에 엉망이 된 머리카락을

손으로 정돈하며 내게 말했다.

"신경 써 줘서 고마운 거야."

나보다는 밤의 변화에 신경 써 주지 않겠니? 지금 네 뒤에서 땅을 치며 통곡하고 있는데?

소리가 나지는 않지만.

"그래."

하지만 나는 밤에 대해 언급하지 않기로 했다. 이 녀석들을 보고 있자면 치이와 페이가 생각나거든.

사이가 정말 좋으니까 저런 장난도 치는 거겠지.

……갑자기 장난으로 던진 돌멩이에 개구리는 맞아 죽는다는 속담이 떠오르지만, 이 상황에 알맞은 말은 아닐 거라 믿는다.

"그보다 난 훈이가 더 걱정되는 거야."

내가 잠깐 딴생각을 하고 있는 동안, 남몰래 코트의 가장 윗 단추를 푼 밤하늘이 말했다.

"아직 많이 지쳐 있어."

나도 그렇게 생각한다.

기절하기 전보다는 많이 나아졌지만, 아직도 묘한 탈력감이 온 몸에 남아 있으니까 말이지.

"조금 무리했으니까."

내 대답에 밤하늘은 슬며시 방구석을 향해 고개를 돌리며 말했다.

"이럴 때 쓰라고 천령을 빌려준 거야."

정확히 말하면, 금고가 있는 쪽을 말이지.

"아, 확실히 좋긴 하더라."

밤하늘이 구부정한 자세에서 허리를 펴고서 기세등등하게 말했다.

"그런 거야. 하루에 한 번이지만, 천령을 쓰면 심신이 정화되는 거야. 지금 당장 써 봐."

"그래."

안 그래도 천령을 한 번 써 볼 생각이긴 했다. 지금껏 미뤘던 건, 혹시나 세희에게 안 좋은 영향이 갈까 싶어 그랬던 거고.

그 녀석, 슈뢰딩거의 고양이 같은 녀석이니까.

하지만 밤하늘은 아무 문제없겠지.

그리 생각하며 자리에서 일어나 금고로 가려 했지만.

"여기 있는 거야."

어느새 밤하늘이 천령을 꺼내 내게 건네주고 있었다.

나는 천령을 받으면서 밤하늘의 어깨 너머로 뒤쪽을 보았다. 분명 조금 전만 해도 굳게 닫혀 있던 금고의 문은 아이들에 대한 나의 마음처럼 활짝 열려 있었다.

그 옆에는 조금 전만 해도 대성통곡이라는 단어를 온몸으로 표현하고 있던 밤이 금고에 몸체를 기댄 채 이쪽을 향해 빛나는 태양을 드러내고 있었다.

인간으로 치면 슈퍼 울트라 화이트 이빨을 반짝이며 웃는 거라고 생각하면 되려나.

어쨌든 밤이 금고에서 천령을 꺼내서 밤하늘에게 줬다는 건 잘 알겠다.

"고맙긴 한데, 금고는 어떻게 열었어?"

"으, 응?"

"천령, 금고 안에 있었잖아."

뼈 있는 말에 밤하늘은 바람 빠진 풍선처럼 순식간에 몸을 움츠렸고, 그 주변을 깊은 어둠이 감싸 안았다.

"하, 하긴 나라도 기분 나쁠 거야. 자기 방에 있는 금고 안에 있는 걸 다른 사람이 마음대로 꺼내서 주면 당연히 기분 나쁘지. 시키지도 않은 일을 해서 훈이를 화나게 했어. 역시 난 아무것도 하지 않는 게 좋아. 후, 후훗. 그래. 그냥 하늘에게 다 맡기는 게 최선이야. 나처럼 쓸모없는……."

어디까지 가냐.

가만히 지켜보고 있다간 밤하늘이 완벽하게 어둠과 동화될 것 같기에 나는 말을 잘랐다.

"너한테 따지려는 게 아니고, 그냥 궁금해서 물어본 거다. 세희가 준 금고인데 너무 쉽게 열어서. 그러니까 너무 이상한 생각하지 마."

"……진짜인 거야?"

"내가 너한테 거짓말을 해서 뭘 하겠냐."

그제야 어둠이 밤이 되고 밤하늘은 다시 고개를 들었다.

그렇게 잠시 아무 말 없이 서로를 마주보고 있은 후.

밤하늘이 내 눈치를 보며 조심스럽게 물었다.

"……훈이는 이런 내가 안 귀찮은 거야?"

나는 솔직하게 말했다.

"귀찮지."

거짓말을 해 봤자 들킬 테니까.

"!"

하지만 밤하늘뿐만 아니라 밤까지 충격을 받아 그대로 굳어 버릴 줄은 몰랐다. 그래서 난 재빨리 말을 이었다.

"하지만 그런 것보다 같이 이야기하고 서로를 알아 가는 게 더 즐거우니까 문제없다."

귀찮은 게 10이라면 즐거움이 90이라고 할까? 사람마다 비율이 달라지긴 하겠지만, 내게 인간관계란 대충 그런 느낌이다.

그렇기에 혼자 있는 시간 또한 중요하다 생각하고.

"……인싸."

그런데 밤하늘의 반응이 조금 이상하다.

나는 내심 거짓말을 하지 않고서 잘 설명해 줬다고 생각했는데, 게슴츠레한 눈으로 나를 바라보고 있었으니까.

"아무리 생각해도 훈은 인싸의 왕인 거야. 둘도 없는 인싸인 거야. 나 같은 아싸는 가까이 있기만 해도 고통받는 거야."

아, 그런 이유였나.

나는 마음에 와닿지 않는 적대심을 불태우는 밤하늘에게 말했다.

"그런 녀석이 요괴들에게 그렇게 인기가 많냐?"

"그, 그건 다른 거야! 훈이하고는 입장이 다른 거야! 그리고 그건 인기가 많은 게 아니라…….”

나는 얼굴을 붉히며 항의하는 밤하늘에게 말했다.

“예, 다음 패션 아싸.”

“!!!”

충격을 받은 밤하늘이 그대로 굳어 버렸다. 밤이 눈앞에서
손을 흔들어도 반응하지도 않는다. 결국 밤은 고개를 절레절
레 저으며 모든 것을 포기했다.

……그보다.

아이들의 모범이 되도록 바른말 고운 말만 써야 하는데, 피
곤해서 그런 건지 자꾸만 옛날 말버릇이 나온다.

나는 단어 선택에 좀 더 조심하기로 생각하고, 밤하늘이 충
격을 받아 있는 동안 천령을 사용하기로 했다.

그냥 가운데 부분을 잡고 살짝 흔드는 게 전부였지만, 다시
금 방 안에서 울리는 깨끗하고 아름다운 소리에 지친 몸과
마음이 치유되는 게 느껴졌다.

“후우…….”

동시에 밤하늘도 천령이 울리는 소리에 ‘사람들에게 인기
있지만, 자신은 누구의 관심도 받지 못하고 친구도 없다고 스
스로를 속이는 사람’이라고 들은 충격에서 벗어난 것 같고.

……그냥 패션 아싸라고 하자.

“언제 들어도 듣기 좋은 소리인 거야.”

“나도 그렇게 생각한다.”

딱 두 번 들었지만, 아이들에게 들려주고 싶을 정도로…….

아, 그렇군.

"그런데 이 소리, 요괴들이 들어도 괜찮냐?"

내 질문에 밤이 순간적으로 펼쳐졌지만 그것도 잠시.

"그러니까 훈이 앞에서는 제발 좀 가만히 있는 거야!"

밤하늘은 신령을 드러내려던 밤의 끝자락을 잡아 차곡차곡 접어 엉덩이 밑에 깔아뭉개 버렸다.

……저 모습을 보니 밤하늘이 밤에게 뭔가 주의를 준 것 같군.

여러모로 신경을 써 주는 것 같아서 고맙단 생각이 들 때, 밤하늘이 말했다.

"엄청 복잡한 이야기가 되지만, 간단하게 말하면 훈이가 나쁜 마음을 품지 않으면 괜찮은 거야."

이번 기회에 제대로 듣지 않고 넘어가면 분명 후회할 일이 생길 것 같기에, 나는 밤하늘에게 물었다.

"나쁜 마음이라는 게 정확히 뭔데?"

허리를 세우고 무릎 위에 주먹을 올려놓은 밤하늘이 내 눈을 똑바로 올려다보며 말했다.

"분노와 좌절감, 죄책감과 무력감, 증오와 질투, 소외감과 실망 같은 걸 이야기하는 거야."

대충 부정적인 생각만 하지 않으면 괜찮다는 이야기군.

"그리고 직접 만지지만 않으면 천부인은 아무런 해도 끼치지 못하는 거야. 그러니까 절대, 절대로 부수면 안 돼."

그거 아직 마음에 담아 두고 있었냐.

"너하고 약속한 것도 있는데 내가 그러겠……."

아! 약속이라고 하니까 생각나는 게 하나 더 있다!

어제 천령을 쥐고 세상이 변하기를 기원했을 때 들려왔던 소리 말이야. 이번 기회에 밤하늘한테 물어봐야겠다.

"그건 그렇고, 어제 내가 천령을 써 봤거든? 그런데 머릿속에 처음 듣는 목소리가 들리던데, 혹시 천령에도 의식 같은 게 있는 거냐?"

내 질문에 밤하늘은 눈동자에 별을 빛내며 차오르는 달처럼 말했다.

"벌써 천령의 목소리를 들은 거야?"

"그래."

"대단한 거야! 벌써 마음이 통할 거라고는 생각 못 했어!"

별처럼 반짝이는 시선을 마주하기가 쑥스러워 뒤통수만 긁적이던 내게 밤하늘이 말했다.

"천령이 훈이한테 뭐라고 한 거야?"

기억은 잘 안 나지만…….

"내가 아직 능력이 부족해서 자기를 잘 못 다룬다고 하던데?"

해석하자면, 그런 내용이었지.

"……그건 어쩔 수 없는 거야."

기대를 하는 만큼 실망을 하는 법이지.

눈동자에 떠올랐던 별은 떨어졌고, 목소리는 기우는 달로 변했다.

"그래도 대단해. 벌써 천령의 목소리를 들은 건 정말 대단한 거야."

그것도 잠시지만.

나는 기운을 차리고 어깨를 들썩들썩하는 밤하늘과 어느새 엉덩이 밑에서 빠져나와 별들을 화려하게 터트리며 춤을 추는 밤을 보며 말했다.

"칭찬은 고마운데, 그보다 천령…… 아니, 천부인 말이다."

"응."

"자의식이라고 해야 하나, 생각할 줄 안다고 해야 하나. 어쨌든 그런 게 있다면 금고에 보관하는 건 좀 아닌 것 같아서 말이다."

밤하늘은 고개를 갸웃거렸지만, 금세 내가 한 말의 의미를 깨닫고 차분한 미소를 지었다.

"훈이가 무슨 걱정을 하는지는 알겠어. 하지만 천부인에게는 자신을 사용하는 자를 분별하기 위한 정도의 자아밖에 없는 거야. 그래도 걱정이 된다면, 하루에 한 번씩 손에 쥐어 주는 거로 충분한 거야."

밤하늘은 숨을 내쉬고 깊이 들이마신 뒤, 나를 똑바로 바라보며 말을 이었다.

"천부인은 결국 도구니까."

뭐, 천부인의 원래 주인이 괜찮다면 괜찮은 거겠지. 거기다 자기 전에 손에 한 번씩 쥐는 게 힘든 일도 아니고 말이야.

밤하늘이 돌아가고, 아이들과 부산에서 있었던 일, 정확히 말하면 에이에 대한 이야기를 하고 나서겠지만.

그렇게 생활 계획표를 쓰는 것처럼 할 일들을 생각하는 동안 나와 밤하늘 사이에 침묵이 이어졌다.

아주 잠깐 동안.

"아! 이런 이야기를 하러 온 게 아닌 거야!"

밤하늘이 이제야 뭔가 생각이 났다는 듯 입을 열었으니까.

"놀러 온 거 아니었냐?"

"……나를 도대체 어떻게 생각하는 거야?"

살짝 새초롬한 눈빛으로 나를 바라보면서.

"아, 내가 걱정돼서 온 거구나?"

"그건 부정 못 하겠는 거야."

"고맙다, 야. 그러면 혹시 병문안 선물 같은 건 안 가지고 왔어?"

나는 확실히 농담에 소질이 없는 것 같다. 말을 하자마자 밤하늘이 몸을 움찔 떨고 식은땀을 흘리기 시작했으니까.

그뿐일까.

살짝 고개를 숙인 밤하늘의 눈동자는 격하게 흔들리고 있었다. 그 모습을 본 밤은 별로 만든 리본으로 자신을 치장하더니 아름다운 누님이 하면 정말 매혹적일 것 같은 자세를 취해 버렸다.

나는 제때 일을 하지 못한 내 눈꺼풀을 손가락으로 지그시 누르며 말했다.

"그, 그건……."

"농담이었다."

덕분에 밤하늘과 목소리가 겹쳐 버리고 말았지만.

나는 눈을 떴고, 밤하늘은 볼을 붉힌 채 다른 의미로 몸을 부들부들 떨고 있었다.

"그, 그런 거로 농담 같은 건 하지 말았으면 하는 거야. 듣는 입장에서는 심장이 덜컥 내려앉고 식은땀이 줄줄 흐르게 되는 거야."

아무리 봐도 살짝 삐친 것 같은데, 그래도 목소리가 많이 올라가지는 않는구나.

"미안, 다음부터는 하지 않을게."

나는 솔직히 사과했다. 밤하늘은 뿌루퉁한 표정…… 그러니까 볼이 부풀어 오르고 입술은 살짝 앞으로 나왔지만, 여전히 내 눈은 똑바로 바라보지 못하면서 말했다.

"……그런 식으로 사람 마음 가지고 장난치는 건 나빠."

"나도 그렇게 생각한다."

근묵자흑이라고.

세희한테 워낙 많이 당해서 나도 모르게 물들어 버린 것 같지만.

……왜 나쁜 점만 닮아 가냐고 물어보신다면, 올라가는 건 어렵지만 내려가는 건 쉽다는 말로 대답하겠습니다.

어쨌든 자업자득이나 마찬가지인 일이기에, 나는 슬쩍 화제를 돌리기로 했다.

"그런데 나한테 할 말이 있다고 했지? 그게 뭔지 궁금한데,

가르쳐 줄래?"

"……."

하지만 밤하늘은 불만과 불신, 그리고 뭔가 알 수 없는 감정이 담긴 눈동자로 나를 한번 바라보았다가 다시 눈을 돌렸다.

흐음? 뭐지?

자세를 낮춰서 억지로 눈을 맞춰 볼까 생각하고 있을 때, 밤하늘이 말했다.

"……다시 생각해 보니까 이걸 훈이에게 말해 줘도 되는지 잘 모르겠는 거야."

다르게 말하면, 조금 전에 한 농담 덕분에 밤하늘한테 점수가 깎였다는 거다.

"그러면 뭐, 어쩔 수 없지. 인터넷에서 본 건데 말이다. 해도 될지, 하면 안 될지 헷갈리는 일은 안 하는 게 좋대. 좀 더 고민해 본 다음에 알려 줘도 괜찮다고 생각되면 그때 가서 이야기해 줘."

나는 정반대의 인생을 살고 있지만 말이다.

일단 저지르고, 그로 인해 벌어지는 일들을 수습하기 바쁜 일상을 말이야.

나처럼 막장 인생을 살지 말라는 순수한 마음에서 비롯된 충고에 밤하늘의 눈이 동그래졌다.

"구, 궁금하지 않은 거야?"

아무리 머리가 둔한 나라도 그 말에 많은 의미가 담겨 있다는 건 알 수 있었다.

지금 말할지 말지 고민하고 있는 이야기는 자신이 밤하늘이라는 것. 그리고 찾아온 시기와 관련된 이야기라는 것.

또…… 그리고…….

생각나는 게 없군.

정정한다.

아무리 머리가 둔한 나라도 그 말에 두 가지 의미가 담겨 있다는 건 알 수 있었고, 그래서 나는 어깨를 으쓱하며 밤하늘에게 대답했다.

"궁금하지 않다면 거짓말이겠지만. 세상엔 아는 게 병, 모르는 게 약이라는 말도 있잖아?"

안 그래도 힘든 일들이 눈앞에 한가득인데 거기에다 고민거리를 더 추가하고 싶진 않으니까.

물론 이건 내가 밤하늘을 어느 정도는 믿고 있기에 할 수 있는 판단이다. 내가 모르면 문제가 생기는 일을 비밀로 하지 않을 거라는 믿음 말이야.

"……그렇게 말하면 내가 너무 속 좁아 보이는 거야."

하지만 밤하늘은 조금 다르게 받아들였는지 어깨를 추욱 늘어뜨리고 두 손을 만지작거리며 침울해했다.

"그런 의미에서 한 말 아니다."

"나도 알아."

그렇게 잠시 대화가 끊기고, 밤만이 밤하늘을 위로해 주겠다는 듯 어깨를 안마해 주었다.

그리고 잠시 후.

"역시 알려 주는 게 맞는 거야."

밤하늘이 나를 올려다보며 입을 열다가, 눈과 눈이 마주치자 다시 고개를 살짝 숙인 채 말했다.

"다른 게 아니고 언령에 대해 할 이야기가 있었던 거야."

나는 고개를 끄덕였다.

나도 밤하늘에게 언령에 대해 묻고 싶은 게 있었으니까. 하지만 지금은 밤하늘이 먼저 이야기를 꺼냈으니 일단 듣자.

"언령은 하늘도, 나도 처음 본 술식이었던 거야. 하지만 그 기본이 마음의 힘에 있어서 이해하기가 어렵지 않았어. 그리고 그 안에 담긴 실리와 묘리를 보고 크게 놀란 거야. 사람의 마음을 이 정도로 쉽게 다룰 수 있는 술식은 처음이었으니까."

그렇게 말하는 밤하늘은 왠지 모르게 즐거워 보였다.

이런 예시를 들면, 세희나 소희가 화낼 것 같지만…….

자기가 아끼던 강아지가 가르친 적도 없는 재주를 부리는 걸 본 사람 같다고 할까?

내가 그런 얼빠진 생각을 하고 있는 동안에도 밤하늘은 살짝 들뜬 기색으로 이야기를 계속했다.

"아직 별다른 힘이 없는 훈이한테 언령은 많은 도움이 될 거고, 그래서 나는 언령이 가지고 있는 가능성을 알려 주고 싶어서 온 거야."

"가능성?"

"그런 거야."

내가 관심을 보이자 밤하늘이 살짝 장난꾸러기 같은 미소를 지으며 말했다.

"그래도 모두 가르쳐 주지는 않을 거야. 이런 건 스스로 깨닫는 게 중요하니까."

그러냐.

나는 남들이 떠먹여 주는 삶을 좋아하는 편인데.

그렇지 않은 사람이 어디 있겠냐만!

"그거로도 충분히 고마워."

하지만 나는 고개를 숙여 감사를 표했다.

적어도 밤하늘은 맨몸으로 자연 속에 던져 놓고 알아서 살아남으라고 한 뒤, 배가 너무 고파 아무거나 주워 먹었다가 탈이 난 사람 앞에 나타나서 '알아서 살아남으랬지, 자살 시도를 하라고는 하지 않았습니다.' 같은 말로 비아냥대며 약을 건네줄 것 같은 누구보다는 선녀 같으니까.

여기서 중요한 건, 약을 건네준다는 것입니다.

어찌 되었건.

감사의 인사를 받은 밤하늘은 으쓱으쓱 어깨를 들썩이다가 자신을 흐뭇하게 바라보고 있는 시선을 느끼고서는 헛기침을 했다.

"흠! 흠!"

밤하늘의 볼이 살짝 붉어졌지만 못 본 척해 주자.

"이, 일단 오늘은 푹 쉬고, 내일부터는 언령을 쓸 때 절대로 어려운 거 말고 간단한 조건을 다는 것부터 연습해 보는 게 좋은 거야."

조건.

그것만으로는 무슨 뜻인지 이해할 수 없었다. 나는 고개를 옆으로 까닥였고, 밤하늘은 위아래로 고개를 끄덕인 뒤 입을 열었다.

"훈이가 허락해 주면 언령에 어떻게 조건을 달 수 있는지 직접 보여 주는 거야."

그냥 보여 주면 되는 걸 왜 허락까지 받으려는지 살짝 이해가 안 됐지만, 밤하늘의 성격 탓이려니 생각하고 고개를 끄덕였다.

그리고 밤의 장막이 펼쳐졌다.

그 안에 삼켜진 나는 인간의 이지를 뛰어넘는 초월적인 존재 앞에서 숨을 쉬는 법조차 잊어버렸고, 신과 같은 힘을 가진 소녀는 율법과 같은 언어로 내게 명했다.

"이번 한 번에 한해, 내가 '인싸'라고 말하면 강성훈은 '내가 인싸의 왕이다.'라고 말한다."

그 순간 펼쳐진 밤은 다시 고이 접혔고, 나는 간신히 숨 쉬는 법을 떠올릴 수 있었다.

"후아아……."

"괘, 괜찮은 거야?"

나는 걱정이 가득한 목소리로 묻는 밤하늘에게 말했다.

"괜찮아."

밤하늘이 신령을 드러낸 게 짧은 시간이라서 그리 괴롭진 않았고 말이지.

그보다 지금은 밤하늘이 쓴 언령…….

그걸 내가 쓰던 언령과 같다고 생각해도 될지 모르겠지만, 어쨌든.

내게는 언령처럼 보이는 술법에 대해 생각해 볼 때다.

"그럼 괜찮다니까 '인싸'라고 해 보는……."

"나는 인싸의 왕이다!"

그럴 필요도 없었지만.

나는 내 의지와는 관계없이 자연스럽게 튀어나온 말에 깜짝 놀랐고, 밤하늘은 풋 하고 웃음을 터트렸다.

야! 네가 건 거잖아! 웃지 말라고!

그렇게 한마디 하고 싶었지만, 밤하늘이 입을 손으로 가리며 웃는 모습이 꽤나 귀여웠던 데다가…….

내 안에서 언령에 대한 정의가 확장되는 것을 느꼈기에 아무 말도 하지 않았다.

그래.

밤하늘이 가르쳐 주고 싶었던 게 이거였구나.

밤하늘은 단순히 내게 언령을 사용하는 방법을 가르쳐 준 게 아니라, 어떻게 언령을 사용해야 할지 스스로 생각할 계기를 마련해 준 거다.

언령이라는 것은 마음에서 비롯된 힘을 말에 담는 술법. 그렇다는 건, 내가 어떻게 말하느냐에 따라서 언령을 활용할 수 있는 방법이 무궁무진하다는 말이지.

그 사실을 깨닫자, 마치 마른 건초에 불이 붙듯 생각이, 사고가 끝없이 확장했다. 그중에는 이런 방식의 언령을 **어떻게 연습해 볼 것인가**에 대한 것도 있었고, 어째서 밤하늘이 **이 이야기를 할지 말지 고민했는지**에 대한 것도 있었다.

그렇게 잠시 고개를 숙이고서 머릿속에 떠오른 생각들을 차근차근 정리할 시간을 가진 후.

"이해한 거야?"

나는 미소를 지으며 물어 온 밤하늘에게 당당히 말할 수 있었다.

"나는 인싸의 왕이다!"

두 팔을 번쩍 들면서.

"푸흡!"

"나는 인싸의 왕, 왕, 왕, 인싸의 왕인 것이다!"

"그, 그만하는, 아하핫, 그만하는 거야!"

나는 말 그대로 배를 잡고 웃어 대는 밤하늘과 그 모습을 보며 고개를 절레절레 젓는 밤을 보고 피식 웃으며 말했다.

"고마워. 덕분에 많은 걸 깨달았다."

정말 많은 걸 말이지. 그래서 나는 밤하늘에게 물었다.

"그런데 말이야."

"프훗, 가, 갑자기 뭔인 거야?"

나는 아직도 내 장난의 여파에서 벗어나지 못한 밤하늘에게 말했다.

조금 무거울지도 모르는 이야기를, 살짝 목에 힘을 주고서 말이야.

"이런 거, 정말 나한테 가르쳐 줘도 되는 거냐?"

밤하늘도 웃고 있을 때가 아니라는 걸 눈치챘는지 큼큼, 몇 번 헛기침을 하고서 손수건으로 눈가를 찍어 누른 뒤 말했다.

"괜찮은 거야. 훈이라면 혼자서도 이런 방법을 깨달았을 테니까."

아니면 세희나 소희가 너는 기는 법을 가르쳐 줬는데 왜 뛰질 못하냐고 답답해하면서 가르쳐 줄지도 모르지.

"그리고."

시간이 지난 뒤에.

그 시간을 아끼게 해 준 밤하늘이 말했다.

"훈이라면 문제없을 거라고 믿고 있는 거야."

세상에 나를 믿어 주는 사람이 이렇게 많다니, 정말 고마울 뿐이다.

"그렇게 말해 주니까 정말 고마운데……."

안타까운 건, 내 질문의 의도는 그쪽이 아니라는 거지.

"그런 이유로 물어본 게 아니었어."

"딸꾹!"

눈에 띄게 당황한 밤하늘은 잠깐 딸꾹질을 진정시키는 시간을 가져야만 했다. 결국 책상 위에 **나타난** 냉수를 몇 모금 마신 후에야 진정이 된 밤하늘이 내게 물었다.

"그, 그러면?"

"그게 말이다."

나는 그렇게 운을 띄운 뒤, 밤하늘에게 말했다.

"자세히는 모르겠지만 이 언령, 너희가 인간의 왕에게 선물한 힘과 관련이 있는 게 아닐까 싶어서."

이건 시간이 있을 때 어머니의 속내를 짐작해 보는 과정에서 든 생각이다.

내가 세희의 다섯 가지 질문에 대한 답변을 찾으려 했을 때.

냥이가 내게 이런 말을 한 적이 있었다.

어, 그러니까……

"인간의 왕은 하늘의 선물로, 그 뭐더라? 아, 인간이 지닐수 있는 가장 큰 힘을 얻어 인간을 지배하는 사람이었나? 어쨌든 그런 말을 옛날에 들은 적이 있거든."

내 기억이 맞았는지 밤하늘은 묵묵히 고개를 끄덕일 뿐이었다.

"그리고 내가 알기로 인간이 가진 가장 큰 힘은 마음에서비롯된 힘이야. 언령 역시 그 마음의 힘을 말로서 사용하는술법이고. 그러면 언령과 하늘이 인간의 왕에게 주는 선물이어느 정도는 관계가 있지 않을까~ 하는 생각이 들더라고."

물론 냥이가 그다음에 했던 말도 기억하고 있다. 인간의 왕이 가진 힘이라도 전지전능한 게 아니라, 사람의 무의식에 간섭하는 정도라고 했던 걸.

하지만 그것과 별개로, 언령이 하늘의 선물과 얼추 비슷해 보인다는 건 부정할 수 없는 사실이다.

그렇기에 나는 밤하늘에게 말했다.

"그래서 말이다. 정말 혹시나 해서 물어보는 건데."

어떻게 보면, 인생의 흑역사를 하나 더 늘리는 걸지도 모르는 질문을.

"지금 내게 언령에 대해 접근하는 관점을 넓혀 준 거나 내가 소희에게 언령을 배우는 걸 너와 하늘이 묵인해 준 게, 단순히 너희들의 부탁을 들어줘야 하기 때문이 아니라……."

나는 살짝 마른 입술을 혀로 훔치고, 밤하늘에게 말했다.

"혹시 나를 인간의 왕으로 만들기 위한 준비는 아니지?"

자의식 과잉이라 봐도 좋다.

하지만 이번 기회에 확실하게 짚고 넘어가야 할 문제라고 생각한다.

"헤에……."

그리고 밤하늘은 미소 지었다.

세희를 연상케 하는 무표정한 미소를.

"훈이는 눈치가 좋은 거야."

그 한마디와 함께 밤의 장막이 펼쳐져 나와 밤하늘을 감쌌다. 우주의 신비를 이렇게 느끼고 싶지는 않았지만, 무중력 상태라도 된 듯 내 몸이 두둥실 떠올랐다.

하지만 그것도 잠시.

"중간에 실수해 버렸지만."

나는 다시 살포시 방바닥에 내려앉았고, 밤은 언제 그랬냐는 듯 세워 놓은 양탄자처럼 돌돌돌 말려서 밤하늘 뒤에 섰다.

정확히 말하면, 회심의 한 방을 날린 것 같은 미소를 짓고 있는 밤하늘의 뒤에.

그제야 나는 깨달았다.

지금 있었던 작은 소동은, 내가 친 장난에 대한 밤하늘의 반격이었다는 걸.

한 방 먹었군.

"장난이었냐."

하지만 나는 밤하늘의 장난에 오히려 기분이 좋아졌다. 장난을 칠 정도로 사이가 좋아졌다는 뜻이었으니까.

"나만 인싸의 왕한테 당하고 살 수는 없는 거야."

나와 밤하늘은 서로를 보며 키득거렸지만 그것도 잠시.

웃음을 거둔 밤하늘이 내게 말했다.

"훈이는 걱정하지 않아도 되는 거야. 한 사람이 인간의 왕과 요괴의 왕, 둘 다 될 수는 없으니까."

인간의 왕이 되지 못한다는 건 조금도 아쉽지 않지만, 나는 호기심에 밤하늘에게 물어보았다.

"왜?"

"인간의 왕이 요괴의 왕이 될 수 있고, 요괴의 왕이 인간의 왕이 될 수 있다면."

그녀는 밤하늘에 빛나는 별빛처럼 웃었다.

"그런 날이 오면 그 어떤 왕도 필요 없으니까."

뭔가 선문답 같은…….

조금 다르게 말하면 지혜로움이 느껴지는 대답이었지만, 안타깝게도 그 말을 듣는 건 우리 집에서 지능 지수가 가장 떨어지는 나였다.

흠. 뭔가 놓친 게 있는 것 같은데, 그게 뭔지는 잘 모르겠네.

똑똑똑.

무엇보다 밖에서 문 두드리는 소리가 들린 덕분에 주의까지 흩어져버렸고.

나는 생각을 고이 접고 문밖을 향해 말했다.

"누구야?"

"세희입니다, 주인님."

……내일은 해가 서쪽에서 뜨는 수준에서 끝나 줬으면 좋겠는데. 설마, 세희가 노크 좀 했다고 세계가 멸망하지는 않겠지?

그런 얼빠진 생각을 하고 있는 와중에 문밖에서 세희의 목소리가 계속해서 들려왔다.

"밤하늘 님과의 화담 중에 죄송합니다만, 주인님의 옥체가 걱정되어 이렇게 말씀 올립니다."

나는 지끈거리기 시작한 관자놀이를 손가락으로 꾹 누르며 말했다.

"내일 지구가 멸망하는 꼴 보기 싫으면 평소처럼 말해라."

아니, 아니지.

"일단 들어와. 밖은 춥잖아."

하지만 문은 열릴 생각을 하지 않았다. 평소에는 문이라는 건 바람막이나 다름없다고 생각하는 녀석이 왜 이러나 싶었던 그때.

"나, 나, 나는 괜찮은 거야."

밤하늘이 말을 더듬고 나서야 문이 열렸다.

"감사합니다, 밤하늘 님."

아, 밤하늘이 있어서 그랬구나.

이상 행동의 이유를 알아 속이 시원해졌을 때, 세희는 방 안으로 들어와 소리도 나지 않게 조심히 문을 닫았다. 나 역시 세 명이서 얼굴을 보며 이야기할 수 있도록 몸을 돌렸고, 그런 내 뒤로 밤을 껴안은 밤하늘이 슬금슬금 자리를 옮겼다.

……갑자기 치이 뒤에 숨던 페이가 생각나는군.

내가 그리운 옛 추억을 떠올리고 있을 때, 공손하게 앉은 세희가 깊게 머리를 숙이며 밤하늘에게 말했다.

"다시 한번 사과의 말씀을 올립니다, 밤하늘 님."

"괘, 괜찮으니까 무슨, 무슨 일인지 말하는 거야."

전혀 괜찮아 보이지 않았다.

슬쩍 한 손으로 내 옷자락을 잡는 밤하늘도, 다른 한 손에 붙잡힌 채 찌그러져 버린 밤도.

세희도 그리 생각했는지 일단 무슨 일이 생기면 내 속부터 긁고 보는 평소와는 다르게, 자신이 찾아온 이유를 빠르게 말했다.

"다름이 아니오라, 주인님께서 석반을 자시지 않으신지라 부득이 두 분께 결례를 저지르게……"

세희가 도중에 말을 멈춘 건 내가 손을 들었기 때문이다. 왜 그러냐고 눈빛으로 묻는 세희에게 나는 말했다.

"평소처럼 이야기해, 평소처럼. 내가 듣기 힘들어서 죽겠다."

특히 석반이라는 단어는 오늘 처음 듣는다고!

"하오나 주인님."

뒷수습이 조금 무섭기는 하지만, 나는 세희를 일부러 무시하고 고개를 돌려 밤하늘을 보며 말했다.

"그래도 괜찮지?"

대화의 주체가 자신 쪽으로 향할 줄 몰랐는지, 밤하늘의 손에 힘이 들어갔다.

덕분에 붙잡혀 있던 밤이 소리 없는 비명을 질렀지만, 거기까지 신경을 쓸 정신이 없는 밤하늘은 떨리는 목소리로 말했다.

"으, 응. 나, 난 아무래도, 사, 상관이 없는, 없는 거야."

그리고 나는 몸이 으슬으슬 떨렸고.

세희가 뭔가를 했다는 건 아니다. 그저, 나를 향한 눈빛이 날카로워졌을 뿐.

하지만 지금 내 뒤에는 밤하늘이 있다!

"……알겠습니다, 밤하늘 님."

결국 깊은 한숨과 함께 백기를 든 세희가 입을 열었다.

"이 개돼지 새끼가, 언제까지 이 몸을 기다리게 만들 생각이지? 네가 그리 좋아하는 사료 처먹을 시간도 기억 못 하다니, 배가 처 불렀나? 아니면 내 채찍 맛이 그리웠나 보지?"

"아니, 야! 네가 언제 그렇게 말했는데!"

"흐, 흐앗?!"
밤하늘이 놀란 건 내가 소리를 질렀기 때문일까, 세희의 강도 높은 모욕 때문일까.
확실한 건, 밤하늘의 손에 잡혀 있던 밤이 결국 참지 못하고 도망쳤다는 것.
"왜 그러십니까, 주인님. 비록 단어의 차이는 있을지언정, 제가 평소에도 이런 화법을 써 왔다는 것은 주인님께서도 잘 아시지 않습니까?"
그리고 저 녀석의 말꼬리를 잡아 봤자 늘어나는 건 스트레스 지수밖에 없다는 것뿐이다.
"……마음대로 해라."
"밟아 드립니까?"
"그쪽 말고, 이 자식아."
나는 모든 것을 내려놓고 내 등에서 떨어져서 어디 숨을 곳 없나 주변을 두리번두리번하고 있는 밤하늘에게 말했다.

"미안, 놀랐지?"

밤하늘이 떨리는 눈동자로 나를 올려다보며 고개를 끄덕였다.

"후, 훈이가 그런, 그런 취향인지는 몰랐던 거야."

그야 몰랐겠지. 나도 오늘 처음 알았으니까.

"아니다."

"어……."

"아니라니까."

"정말로 그렇게 확신할 수 있습니까?"

나는 잠시 과거를 되짚어 보았다.

음.

긍정할 만한 사례가 몇 개 떠올랐지만 입에 담지는 않기로 했다.

"어쨌든 아니라고."

지금 중요한 건 내 성적 취향이 아니라, 저녁 먹을 시간이라는 거니까.

다 먹고살자고 하는 일 아니겠습니까?

그래서 나는 밤하늘에게 말했다.

"그보다 넌 밥 먹었어?"

밤하늘은 그 말에 담긴 속뜻을 바로 눈치챘는지 고개를 격렬히 끄덕이고, 미리 마음의 준비라도 한 듯 숨도 쉬지 않고 빠르게 말했다.

"이미먹고온거야배하나도안고픈거야."

그래서 난 대답하기에 앞서 잠시 기다렸다.

보통 이럴 때는 배에서 꼬르륵 소리가 날 법도 한데, 과연 밤하늘이라는 걸까. 그런 일은 일어나지 않았다.

그 대신 밤하늘은 자리에서 일어나며 내게 말했다.

"그, 그럼 나는 할 이야기도 끝났고 이, 이만 가 볼게."

"진짜 괜찮아?"

"정말괜찮은거야무지하게괜찮아서아무문제도없는거야."

우리 집에서 억지로 밥을 먹였다가는 거하게 체할 것 같으니 포기하자.

"그래."

뭐, 언젠가 또다시 기회가 오겠지. 그 기회를 잘 살려서 랑이와 함께 밤하늘의 집으로 놀러 갈 수 있도록 하자. 아니면 다른 방법도 있고.

그런 계획을 남몰래 짠 나는 밤하늘을 따라 일어난 뒤, 세희에게 말했다.

"혹시 밤하늘에게 선물로 줄 케이크, 있을까? 케이크는 나중에 간식으로 먹어도 괜찮으니까."

"안 그래도 밤하늘 님께서 좋아하실 만한 종류로 준비해 두었습니다."

세희의 대답에 밤하늘의 눈동자가 일등성처럼 빛났지만 그것도 잠시.

밤하늘은 몸을 움찔하고 떨며 고개를 가로저었다.

"괘, 괜찮은 거야. 그렇게 신경 안 써 줘도 좋은 거야."

하지만 이미 세희는 소매에서 케이크 상자를 꺼냈고, 그것을 본 밤하늘의 눈동자가 격하게 흔들렸다.

"받아. 귀한 손님이 오셨는데 빈손으로 보내는 것도 예의가 아니니까."

"정말…… 정말 괜찮은데……."

밤하늘은 열심히 손사래를 쳤지만, 밤하늘은 혼자 온 게 아니었다.

"앗!"

친구인지 주인인지 모를 밤하늘이 고민하는 걸 보다 못한 밤이 혼자 쓰윽 움직여서는 세희의 손에서 케이크 상자를 받아 갔으니까.

세희는 비어 버린 두 손을 공손히 앞으로 모으고 허리 굽혀 인사하며 밤하늘에게 말했다.

"부디 밤하늘 님의 입에 맞으셨으면 좋겠습니다."

그와 달리 밤하늘은 세희와 밤을 번갈아 보며 이러지도 저러지도 못하며 곤란해했지만.

"아으…… 자꾸 이러면 하늘에게 혼나는 거야……."

물론 밤하늘이 집으로 돌아갈 때까지 그 케이크가 밤의 손에서 벗어나는 일은 없었다.

첫 번째 이야기

"가끔 생각하는 겁니다만."

"응?"

"주인님을 보고 있자면 카피바라라는 설치류가 떠오릅니다."

아, 카피바라는 나도 안다. 친화력이 좋은 동물로 유명하지. 설치류라고 딱 집어서 말한 게 조금 마음에 걸리지만.

"칭찬하는 거 맞지?"

쥐새끼 같다고 욕하는 게 아니라.

"주인님께서 칭찬이라 받아들이신다면 칭찬이 되겠지요."

세희의 말에 나는 고개를 갸웃거렸다.

"내가 뭐 잘못한 거 있냐?"

밤하늘과 친목을 다지는 게 문제일 리도 없고.

그렇게 생각한 나와 달리 세희는 흐린 달빛에도 선명히 보일 정도로 하얀 입김을 내쉰 뒤 말했다.

"요괴의 왕이 인간의 왕에 대해 언급한 걸 그분들이 어떤 식으로 받아들일 수 있을지는 생각 못 하셨던 겁니까?"

나는 추위를 감수하면서 마루에 잠깐 서서 생각을 해 보았고, 몸이 으슬으슬 떨리는 걸 대가로 알아낸 결론을 세희에게 말할 수 있었다.

"응."

세희가 눈을 반쯤 감고서는 내게 말했다.

"……말을 말겠습니다."

하지만 나는 할 말이 있다.

"설마 밤하늘이나 하늘이 내가 인간의 왕까지 해 먹고 싶은 게 아닐지 의심하겠냐."

요괴의 왕 하나도 힘들어 죽겠는데, 인간의 왕까지 하라고 하면 그때는 정말 다 때려치우고 가족들이랑 견우성으로 도망친다.

거기다 밤하늘도 그런 일은 있을 수 없다고 못 박았고. 그 이유는 모르겠지만.

"그야 그렇습니다만."

그런 내 생각을 읽은 건지 짐작한 건지 모를 세희가 순순히 고개를 끄덕이며 말을 이었다.

"안에서 새는 쪽바가지, 밖에서도 샌다는 말이 있지요."

"별로 잘못한 것도 없는데, 너무 바가지 긁지 마라."

거기다 바가지 앞에 이상한 말이 하나 더 붙지 않았냐?

"그보다."

"응?"

갑자기 화제를 돌리는 말에 나는 막 잡았던 안방 문을 손에서 놓았다.

"밤하늘 님이 주인님의 언령에 대한 시야를 넓혀 주시며 하셨던 말씀을 부디 하나라도 간과하지 않으셨으면 합니다."

……난 또 뭐라고.

"걱정 안 해도 돼."

최대한 조심하면서 언령을 배울 거니까.

"주인님을 보면 불난 집에 내놓은 아이 같아서 말이죠."

"물가겠지. 그보다 그 정도면 부모가 문제 아니야?"

"경고를 했는데도 자신을 믿어 달라고 주장한다면, 부모의 입장상 아이의 자주성 확립을 위해서 눈물을 참고 손을 놓아 줄 수밖에 없지 않습니까?"

"끔찍한 소리를 아무렇지 않게 하는구만."

여러 가지 의미로 말이지.

하지만 나는 만약 아이가 생긴다면 절대로 그러지 않을 거라는 생각을 하며 안방 문을 열었다.

그리고 방 안에는 맛있게 과일과 과자를 먹고 있는 아이들이…… 없었다.

"응? 뭐야?"

분명 내가 깨어났을 때, 나래는 아이들이 조금 전에 밥 먹으러 갔다고 했었다. 나래와 밤하늘과 나눈 이야기가 조금 길어지긴 했지만 그렇다고 해도 얼마나 지났겠어? 지금도 안방에선 갈비찜과 삼겹살, 그리고 불고기 냄새가 남아 있다고.

그러면 지금쯤 후식을 즐기며 이야기를 나누고 있을 시간인데 안방에 아무도 없다.

도대체 이게 어떻게 된 거야?

당황해서 문을 연 채로 주변만 둘러보던 내 등 뒤에서 세희의 힐난 섞인 목소리가 들려왔다.

"지금 주인님께는 세 가지 선택지가 있습니다. 제 통장에 난방비를 보내 주시거나, 내일부터 직접 장작을 패 오시거나, 안방에 들어가서 문을 닫는 것. 그중 무엇이 좋으십니까?"

"3번."

"알면 행하시지요."

그래서 나는 안방에 들어갔다. 내 뒤를 따라 들어온 세희는 아무 말도 없이 나를 앞질러서 부엌에 갔고. 하지만 평소와 달리 문을 열어 둔 걸 보니, 아무래도 나한테 따라오라고 하는 것 같군.

나는 세희를 따라 부엌에 들어갔고, 세희는 고개 한 번 뒤돌아보지 않고 바로 부엌의 뒷문을 열고 나갔다.

이번에도 문을 열어 뒀으니 따라오라는 거겠지.

다행히 거기엔 내 신발이 놓여 있었다. 그것도 방금 신발장에서 꺼낸 것처럼 따듯하게 덥혀져 있는 신발이.

나는 신발을 신고, 이미 담벼락을 따라 걷고 있는 세희를 따라갔다.

세희가 걸음을 멈춘 건 담벼락에 나 있는 작은 철문 앞이었다.

잠수함에서나 볼 수 있을 법한 철문이.

"뭐냐, 이거."

"보시다시피 문입니다."

"내가 그걸 모르겠냐."

"그러면 왜 중요하지도 않은 것을 물어보신 겁니까?"

나는 세희에게 이 세상에서 가장 중요한 것을 물어보았다.

"그보다 아이들은?"

그제야 세희는 옅은 미소를 지으며 대답했다.

"저녁을 드신 뒤, 나래 님의 방에서 가족회의 중이십니다."

"······가족회의?"

"예."

갑자기 불안해지는데.

"무슨 이유로?"

세희가 방긋 미소를 지으며 말했다.

"그건 나중의 즐거움으로 남겨 두시지요."

"그건 누구의 즐거움이냐."

"아시면서 왜 물어보시는 겁니까."

그러게.

"혹시 들켰어?"

이왕이면 아이들을 먼저 설득하고 나서 에이를 잡아 왔다는 이야기를 해 주고 싶었는데 말이야.

살짝 아쉬워하는 나를 보며, 세희는 눈살을 살짝 찌푸렸다.

"만약 그렇다면. 제게 모든 걸 맡기고 무책임하게 기절해 버린 주인님의 심중을 파악하여 안주인님의 앞마당에서 할 수 있는 최대한의 노력을 했지만 결국 실패해 버린 저를 무능하다 욕하실 겁니까?"

'네놈은 양심도 없냐.'라는 말을 참 길게도 한다, 야.

"그럴 리가 있냐."

나는 입가에 떠오른 미소를 숨기지 않고 세희에게 말했다.

"당연히 고맙다고 말해야지. 엎드려 절 받기라고 생각할지도 모르겠지만."

"그런 절이라도 받는 게 어딥니까? 다름 아닌 주인님께 말이죠."

나는 나중의 일은 나중에 생각하기로 하고 세희에게 말했다.

"그러면 여긴 어디냐."

세희가 철문의 잠금장치를 손짓만으로 휘릭 돌리며 말했다.

"아직도 모르시겠습니까?"

……그러게.

나는 우리 집에 이런 장소가 있다는 걸 오늘 처음 알았다. 다르게 말하면, 우리 집에 이런 장소가 오늘 처음 생겼다고 볼 수도 있지.

그렇다면 여기가 어디인지는 바로 답이 나온다. 나래가 했던 말도 있고 말이지.

"에이를 여기다 가뒀어?"

세희가 환환 표정으로 박수를 치며 말했다.

"참 잘하셨어요, 성훈 어린이. 앞으로도 혼자 생각하는 습

46
나와 호랑이님 25

관을 가지도록 하세요."

TV에 나와도 이상할 게 없는 유치원 선생님 같은 목소리라 짜증이 날 정도다.

"그러면 성훈 어린이~ 에이를 어떻게 혼쭐을 낼 건지 우리 선생님한테 알려 주지 않을래요?"

"그런 건 나중에 아이들한테나 해 주고."

나도 모르게 한 방 받아쳐 버릴 정도로.

"……호오?"

내가 이런 말을 할 줄은 몰랐는지 세희가 눈을 휘둥그렇게 떴다. 그러거나 말거나 나는 헛기침을 한 뒤, 아무 일도 없었 다는 듯 이야기를 제자리로 돌렸다.

"일단 두 가지 계획이 있어."

나는 조금 전 밤하늘과의 대화 중에 떠오른 두 가지 생각 을 세희에게 말했다. 첫 번째 이야기를 들을 때는 경멸에 찬 시선으로 나를 바라보던 세희였지만 두 번째 이야기를 꺼내자 눈을 반짝이며 흥미를 보였다.

"인터넷 선연재를 시작했다고 사이다패스처럼 되시는 겁니 까?"

알아들을 수 없는 소리를 하면서.

"사이다패스가 뭔지는 모르겠지만, 그런 건 아니다."

딱 봐도 사이코패스하고 연관이 있어 보이지만 말이지.

"이런 상황에서 기회까지 줬는데, 그걸 거절하면 나도 어쩔 수 없잖아."

"사약이나 단두대나 사람 죽는 건 매한가지입니다, 주인님."

"그게 싫었으면 도전을 하지 말았어야지. 아니면 날 이기든 가."

"주인님께서 하신 거라고는 상상할 수 없을 정도로 반박할 수 없는 말씀이로군요."

거짓말하고 있네.

"주인님의 완벽한 논리를 당해 낼 수 없으니, 어쩔 수 없이 주인님을 조금 도와 드려야겠군요."

"네가 그런 말을 하면…… 그건 뭐냐?"

하던 말을 멈추고 소매에서 나온 종이 뭉치와 도장 찍을 때 쓰는 인주를 보며 물어본 내게, 세희가 대답했다.

"계약서입니다. 그것도 평범하지 않은 계약서이지요."

네 소매 안에서 나온 것 중에 평범한 게 있냐는 건 둘째치고. 나는 계약서를 받아서 위아래로 쭉 훑어보며 말했다.

"이게 왜 필요한데?"

"세상 물정 모르는 망나니에게는 그에 맞는 목줄이 필요한 법 아니겠습니까?"

……어, 그래.

확실히 계약서엔 내가 에이라면 절대로 서명하지 않을 항목 들이 몇 개 보인다.

예를 들어 여기 1조, 다시 말해 계약서에 가장 먼저 적혀 있 는 내용은 다음과 같다.

제 1조 (목적) 이 계약은 을(이 계약서에 서명하는 요괴를 뜻한다)에 대한 갑(요괴의 왕 강성훈을 뜻한다)의 권리를 보호하는 데 그 목적을 둔다.

나는 불공정 계약으로 바로 고소당해도 할 말 없는 계약서에서 눈을 떼고 세희를 보았다.

"제가 준비해 둔 계약서가 마음에 들지 않으시다면 그것이 불온한 생각을 하는 순간 목이 날아가게 되는 요술을 걸겠습니다."

잊지 말자.

에이가 저지른 짓 때문에 세희도 상당히 화가 났다는 사실을. 이럴 때는 가만히 꼬리를 내리고 계약서를 챙기는 게 에이에게도 좋을 거다.

"아니, 괜찮아. 이거로도 충분하다."

"그것참 다행이군요."

어느 쪽에 다행인지 모를 소리를 한 세희가 말을 이었다.

"그 계약서는 제가 정성을 들여 만든 것이니, 그것이 서명란에 지장만 찍는다면 절대로 주인님의 **본심을** 거스르지 못할 것입니다."

"그, 그래."

사실 에이에게 내 첫 번째 제안이 거절당하면, 나는 언령을 쓸 생각을 하고 있었다. 하지만 세희가 준비해 준 튼튼한 돌다리가 앞에 있는데 썩은 넝쿨로 직접 만든 줄다리를 건널 필요는 없겠지.

"고마워."

그래서 난 세희에게서 계약서를 받아 품속에 집어넣었다. 부디 실제로 이 계약서를 쓰는 일이 없기를 바라면서.

그 자식 성격을 봐서는 쓰게 될 것 같지만.

"별말씀을."

그보다 밖에서의 대화가 조금 길어진 탓일까. 그럴 리는 없겠지만 내 눈에는 세희가 조금 추위를 타는 것 같아 보여서 이 정도로 이야기를 끝내기로 했다.

가장 중요하지 않은 질문을 끝으로.

"그래서 내 밥은?"

하지만 그 목소리는 그 어느 때보다 진지했다고 생각한다.

그런 내게 세희는 고개를 살짝 숙이고서, 마치 밖에 나가는 사람을 마중하듯 손을 흔들며 말했다.

"그것과 식사 맛있게 하고 오시기 바랍니다, 주인님."

그 안에 담긴 뜻을 대충 이해한 나는 인상을 찌푸리며 말했다.

"……넌 안 가게?"

"저 역시 주인님과 동행하고 싶은 마음이 안주인님의 사랑스러움과 같이 끝없습니다만, 안타깝게도 요괴들 사이에서는 제 악명이 조금 이름 높아서 말입니다. 주인님께서 뜻하신 바를 이루시려면 홀로 가시는 것이 좋을 것입니다."

"귀찮으니까 혼자 갔다 오라는 거지?"

"같은 말이라도 천사가 듣느냐, 악마가 듣느냐에 따라 그 속에 담긴 뜻이 달라진다 합니다, 주인님."

"같은 말이라도 랑이가 하느냐, 세희가 하느냐에 따라 뜻이 달라지기도 하겠고."

세희는 뜻 모를 미소를 지으며 손을 흔들었다.

나 역시 피식 새어 나오는 웃음을 감추지 않은 뒤, 철문의 안쪽으로 들어갔다.

그리고.

철컹!

등 뒤로 문이 닫혔다.

"……어?"

세희가 밖에서 문을 닫았다는 것을 깨닫는 데 1초. 문을 잡아 밀어도 열리지 않는다는 사실에 놀란 게 2초. 세희가 한 일이니 나올 때는 열어 줄 거라고 생각하며 안심한 게 3초. 문을 잠근 건 날 잠깐이라도 놀라게 만들기 위한 세희의 장난이라는 걸 깨달은 게 4초.

이 모든 것을 받아들이는 데 걸린 시간이 5초였다.

"어휴."

그래서 나는 깊은 한숨을 쉬고 안쪽을 둘러보았다.

사실 둘러보고 할 것도 없었지만. 사방이 막힌 가운데 아래로 향하는 폭이 좁은 계단만이 있었으니까. 그나마 다행인 건

밀폐된 것처럼 보여도 환기가 잘 되고 있고 천장에 달린 형광등이 밝게 빛나고 있는 점이라고 할까?

"하아……."

그렇다고 내 상황이 달라지는 건 아니라는 생각을 하며 나는 계단을 내려갔다.

대략 2층 정도 내려갔다는 생각이 들었을 때쯤, 계단이 끝이 났다. 그 앞에는 내 방의 세 배는 될 법한 넓은 공간이 있었지만, 나를 맞이해 주는 건 그 가운데 떡하니 자리를 차지하고 있는 유리로 만든 감옥과 서늘한 공기가 전부였다.

유리 감옥의 각 모서리에는 부적이 붙어 있었고 정면의 아래 부분에는 어린아이의 팔 하나가 겨우 들어갈 정도로 작은 구멍이 뚫려 있었다. 그 구멍에서 살짝 거리를 두고서 세희가 있는 힘껏 솜씨를 부린 듯한 진수성찬이 예쁜 그릇에 담겨 돗자리 위에 차려져 있었고.

"으…… 으으읏!"

우리 집에서 최초로 감옥에 갇히는 영광을 차지한 에이가 개목걸이를 찬 채 바닥에 엎드려 구멍에 팔을 넣어 돗자리를 향해 있는 힘껏 손을 뻗고 있었다.

그 모습을 본 순간, 뒤주 안에 처박아 둔 내 또 다른 자아가 히죽하고 웃는…….

아니, 농담입니다. 그저 비열한 욕망이 고개를 살짝 들었을 뿐이니까요.

"조금만! 조금마안!"

저런, 불쌍하게도. 돗자리에 어떻게 손만 닿아도 끌어당길 수 있을 텐데. 그렇다고 저 작은 구멍으로 음식을 옮기는 게 쉽지는 않을 테지만.

그런데 에이도 배가 많이 고픈가 보다. 얼마나 배가 고프면 내가 여기 온 것도 눈치 못 채고 음식을 향해 손을 뻗고 있겠어?

그래서 나는 감옥에 가까이 다가가 내가 왔다는 것과 에이가 더 이상 쓸모없는 노력을 하지 않아도 된다는 사실을 친절하게 알려 주기로 했다.

"아앗!"

돗자리를 에이의 반대쪽으로, 그러니까 내 쪽으로 쭉 당기는 것으로.

"너, 너!"

그제야 고개를 든 에이가 나를 보고는 철천지원수라도 만난 것 같은 성난 목소리로 외쳤다.

그러거나 말거나, 나는 돗자리에 털썩 주저앉았다.

호오, 돗자리 중에도 좋은 게 있구나! 엉덩이가 푹신푹신한 게, 무슨 방석 위에 앉은 듯한 기분이야!

"무시하지 마!!"

거의 악에 받쳐서 소리를 지르는 에이를 보며 나는 피식 웃고는 동요의 한 부분을 따라 불렀다.

"엄마아아아~ 엄마아아아아~ 요괴 왕이 무서워~."

그것만으로 에이의 얼굴이 새빨개져서 외쳤다.

"나, 나잇값 좀 해! 그렇게 놀리면 부끄럽지도 않아?"

"잘 모르시는구나, 할머니. 요즘 애들은 다 이렇게 노는데."

"할머니?"

"할머니는 싫냐? 그러면 오줌싸개는 어때?"

"너어어어어어!"

우리 집 아이들한테는 절대 할 수 없는 말이 에이한테는 술술 나오는군.

아, 그런데 지금 내가 저 녀석하고 농담 따먹기나 할 때가 아니지.

에이가 화를 내며 발을 구르고 소리를 지르는 건 마음의 양식이 될 수는 있어도 육신을 배부르게 할 수는 없다.

밥 먹자. 이게 다 먹고살자고 하는 일 아니겠습니까?

"아이고~ 배가~ 고파아라~ 뭘 먹어야~ 잘 먹었다고~ 소문이 날까~."

그래서 나는 오락실의 에이처럼 흥얼거리며 숟가락을 들고 저녁상을 가볍게 훔쳐보았다. 안방에서 맡았던 냄새의 주범들이 다 여기 있었군.

조금 특이한 게 있다면, 상 옆에 비닐봉지가 하나 있다는 거다.

밥과 비닐봉지. 얼핏 보면 어울리지 않는 조합이지만 이곳에 들어오기 전에 세희가 한 말, 그리고 아버지한테 들었던 군대 이야기 덕분에 그 용도를 알 수 있었다.

흠…… 이건 좀 아닌 것 같은데.

"그거, 내 밥이야!"

그러거나 말거나 에이는 다른 의미로 얼굴을 붉히며 소리를 빽액 질렀지만.

"내 밥이라고 했어! 건들기만 해 봐! 가만 안 둘 거니까! 내가 그거 먹으려고 얼마나 고생했는줄 알아?!"

이상, 감옥 안에 갇혀 있는 에이의 운명을 결정하는 말이었습니다.

이 녀석은 지금 상황 파악도 못 하는 건가? 그런 머리로 이 힘든 세상을 어떻게 살아갈지 걱정이 될 정도네.

하지만 그건 그거고 이건 이거다.

"그거 아냐? 우리나라 속담에 먼저 먹는 놈이 임자라는 말이 있는 거."

나는 입에 숟가락을 넣어서 잔뜩 침을 묻힌 뒤.

"하지 마! 하지 말라고! 나 경고했다? 하지 말라고 경고했어!"

에이의 격렬한 항의에 못 이기듯 숟가락을 내려놓았다.

"휴우……."

그리고 에이가 안도의 한숨을 내쉬며 가슴을 쓸어내릴 때!

"퉤퉤퉤퉷!"

밥상을 향해 침을 뱉는 척했습니다.

……아니, 어쩌면 조금은 튀겼을지도.

"꺄아아아악! 더러워! 불결해!"

그걸 본 에이의 얼굴이 새파랗게 질려 버렸다.

"내 밥에 무슨 짓을 한 거야! 이 변태! 돼지! 식품 위생법 위반 범죄자!"

"아니, 그러니까 이건 내 밥이라니까? 내가 내 밥에 침 좀 뱉을 수 있지, 이런 거 가지고 뭘 그래? 버릴 것도 아닌데."

나는 에이의 항의를 가볍게 무시하며 크게 밥 한술을 떠서 입에 넣었다.

이야, 밥이 무슨 방금 밥솥에서 꺼낸 것 같네.

……뜨겁다는 말입니다.

"후욱, 후욱, 어휴, 혀 데일 뻔했네."

덕분에 입에서 김을 뿜어내며 호들갑을 떨어야만 했다. 그런 내 모습이 에이에게 어떻게 보였을지는 설명할 필요도 없겠지.

"으으으으으읏!"

부모님의 원수가 눈앞에 있어도 저런 표정은 짓지 않았을 거다.

실제로 어머니와 나래의 원수…… 까지는 아니어도 둘에게 큰 잘못을 저지른 녀석이 앞에 있는 나도 저러지는 않으니까.

그러거나 말거나, 나는 보란 듯이 큼지막한, 만화 속에 나올 것 같은 큼지막한 갈비를 두 손으로 들고서!

거친 황야를 질주하는 야만인처럼 거칠게 뜯었다!

그래! 역시 고기는 이렇게 먹어야지! 아이들 앞에서는 식사 예절을 지켜야만 했지만!

이것이 바로 고기를 먹는 참된 자세다!

"어휴, 맛있다."

그건 그렇고.

나는 입가에 침을 흘리며 유리창에 바짝 달라붙어서 나를 원수처럼 노려보고 있는 에이가 문뜩 떠올랐다는 투로 말했다.

"아, 맞다. 너도 배고프냐?"

"네 침이 묻은 건 더러워서 안 먹어!"

꼬르르륵~.

안타깝게도 에이의 배는 밤하늘과 달라서 시기적절하게 크나큰 소리를 내고 말았다.

"돼지처럼 잘 우네!"

에이는 얼굴에 철판을 깔고서 나를 힐난했지만…….

그런다고 빈속이 채워지는 건 아니다.

꼬르르르르르르르륵~

나는 얼굴을 새빨갛게 물들인 에이에게, 살점을 대충 뜯었던 뼈다귀를 보란 듯이 흔들며 언젠가는 꼭 해 보고 싶었던 말을 해 봤다.

"말은 그렇게 하지만 몸은 솔직하군."

저도 남자니까 말이죠!

"어때? 무릎 꿇고 빌면 뼈다귀 정도는 줄 수 있는데."

에이가 몸을 부들부들 떨며 말했다.

"주, 주, 죽……."

"죽은 없다."

"죽여 버릴 거야! 죽여 버릴 거라고! 너 같은 나쁜 놈! 가만
안 둬! 피를 쪽쪽 빨아서 미라로 만들어 버릴 거야!"

나에게 저주를 퍼붓는 에이를 보며, 나는 세희를 이해하고
말았다.

그렇구나. 세희가 나를 놀리는 이유가 있었어.

이거 꽤 재밌네. 즐거워. 저열한 우월감까지 충족된다.

그러니까 조금만 더 놀리자.

"너, 나한테 졌던 건 기억 안 나냐?"

그것도 제대로 손 한번 못 쓰고 말이지.

그때 일이 떠오른 건지, 조금 전만 해도 사람을 송장으로
만들겠다고 단언하던 에이는 조금 주눅이 든 채 내게 말했다.

"치사하게 반칙 썼잖아!"

"꼭 싸움에 진 녀석들이 혓바닥은 길더라."

에이가 다시 눈을 부릅뜨든 말든, 나는 잘 구워진 따끈따끈
한 삼겹살을 상추 위에 올려놓으며 말을 이었다.

"네가 선빠……."

아! 그래도 바른말 고운말을 써야지!

"네가 먼저 때려서 졌다. 오늘은 배가 아파서 그랬다. 주위
에 보는 눈이 많았다. 컨디션이 안 좋았다. 신발 끈이 풀렸다.
그렇게 핑계 대는 애들하고는 다시 싸워도 꼭 내가 이기더라
도. 그러면 걔네들이 어떻게 하는지 알아?"

나는 잘 싼 쌈을 입안에 넣고 열심히 씹으며 말을 이었다.

"아! 내가 알려 줄 필요는 없나?"

물론, 에이에게는 조금 다르게 들렸겠지만.

"먹을 거면 먹기만 하고, 말할 거면 말만 해! 진짜 더러워 죽겠어! 거기다 무슨 말을 하는지도 모르겠다고!"

아니면 제대로 못 들었거나.

그러거나 말거나, 나는 입속에 든 걸 꿀꺽 삼킨 뒤 에이에게 말했다.

"그럼 먹는다."

"뭐, 뭐?"

나는 에이를 무시하고 밥 먹는 데 집중했다.

애초에 나도 밥 먹을 때 말하는 걸 안 좋아하고. 무엇보다 배가 무지하게 고팠으니까.

그렇게 한동안 밥 먹는 데 열중하고 있자니.

"……저기, 진짜 혼자 먹을 거야? 응? 밥 안 많아? 내가 보기엔 혼자 먹기엔 너무 많은 것 같은데?"

에이가 조심스럽게 말을 걸어왔다.

음, 확실히 에이의 말대로 혼자 먹기에는 부담될 양이다.

하지만 내가 누구냐. 성장기의 청소년이다.

무리해서 먹으면 먹을 수는 있다는 뜻이지. 나중에 세희에게 소화제를 달라고 해야겠지만.

그래서 나는 에이의 말을 무시하고 차곡차곡 위장에 음식물을 집어넣었다.

그걸 본 에이도 이대로 가면 자기가 먹을 게 남아나지 않을 거라는 걸 눈치챘는지 기세가 많이 죽은 목소리로 말했다.

"알았어. 내가 많이 봐줄게♥. 아까 한 말 사과하고. 죽인다는 거도 농담이었어. 응?"

이 집 밥 맛있네!

내가 못 들은 척 밥만 먹고 있자, 에이의 목소리가 더욱 급해졌다.

"이제 됐지? 이 정도면 됐잖아. 그러니까 나도 조금만 줘. 이왕이면 좀 멀리 있는 거로. 가까운 건 침 튀겨서 더러우니까♥"

한마디가 많다, 이 세상 물정 모르는 녀석아.

만약 내가 감옥에 갇히고 세희가 밖에 있었다면, 나는 바로 무릎을 꿇고 땅에 이마가 깨질 정도로 힘차게 세 번 박으면서 제발 살려만 달라고 빌었을 거라고.

상황 파악을 못 한 에이와 달리.

그래서 나는 내 반대편에 있는 음식부터 확실하게 줄여 나갔다.

"뭐, 뭐 하는 거야? 내 말 안 들려? 지금 뭐 하는 건데?! 지금 나 놀리는 거야? 아, 좀! 제발 왕이면서 그렇게 좀생이처럼 굴지 말고!"

급속도로 바닥을 드러내는 반찬을 보고 에이가 쾅쾅, 유리 벽까지 두들기며 화를 냈지만…….

세희가 만든 감옥인데 그 정도로 깨지겠냐.

그래서 나는 안심하고 식사를 끝마칠 수 있었다.

나는 일부러 티셔츠를 살짝 위로 올려서 눈에 띄게 솟아오른 배를 드러내고 그 위에 손을 얹으며 말했다.

"어휴, 잘 먹었다."

"……"

에이는 그런 나를 영혼이 빠져나간 눈으로 바라보며 말했다.

"진짜…… 혼자 다 먹었어…… 돼지 새끼……."

그럼 내가 혼자 먹지, 같이 먹겠냐.

아무리 나라고 해도 같이 밥 먹을 사람 정도는 고른다고.

그래서 나는 최대한 깐죽거리는 목소리로 말했다.

"야, 넌 지금 내가 널 살려 둔 거만으로도 감사해야 할 입장이야. 알긴 하냐?"

에이의 눈에 불이 켜졌다.

그래, 배가 고프면 신경이 날카로워질 수밖에 없지. 나도 잘 안다.

"뭘 고마워해?! 네가 먼저 불만 있으면 도전하라고 했잖아! 그런데 이게 뭐야! 자기 말도 못 지켜? 그러면서 무슨 요괴의 왕이……."

"갑자기 뭔 소리야?"

나는 살짝 인상을 찌푸리며 에이에게 말했다.

"불만이 있으면 도전하라고 한 건 맞아. 하지만 잘 기억해 봐. 내가 이겼을 때 어떻게 할지 말한 적 있었냐? 없었지?"

에이의 입이 닫혔다.

붉은 눈동자가 경고등처럼 마구잡이로 흔들린다.

그래, 머리가 있으면 자기도 이 감옥 안에서 깨어난 뒤 생각을 해 봤겠지.

"왜, 죽는 줄 알고 오줌까지 지리면서 기절했는데 깨어나 보니까 감옥 안이라서 안심했냐? 아~ 요괴의 왕이 날 죽일 생각은 없었구나. 그래, 그래도 명색이 요괴의 왕인데. 내가 도전한 명분도 저쪽에서 제공해 줬겠다, 며칠 지나면 날 풀어 줄 거야. 그렇게 생각했냐고."

길거리에서 죽을 줄 알았는데 살아 있었다. 그것도 이런 감옥 안에 혼자서. 그렇다면 아무리 멍청한 에이라도 그 정도는 생각했겠지.

……부디, 그 정도는 되길 바란다.

"그래서, 뭐? 무슨 말이 하고 싶은데? 언제든지 날 죽일 수 있다는 거? 허세 부리지 마, 이 바보~♥ 네가 날 죽일 생각이 없다는 건 이미 눈치챘으니까."

다행이군. 최소한 목 위에 달린 게 생명 유지 장치는 아니니까.

하지만 나는 그런 생각과 다른 말을 입에 담았다.

"그러냐? 다행이네. 너한테도 눈치라는 게 있어서. 그런데 이런 건 생각 못 챘냐? 내가 다른 사람을 가지고 노는 걸 인생의 낙으로 여기는 사람이라는 거. 어때, 지금은? 내 말을 들으니까 조금 느낌이 와?"

정확히 말하면 다른 사람들에게 가벼운 장난을 치는 걸 좋아하는 성격이지만, 틀린 말은 아니지.

······역으로 당하는 경우가 워낙 많아서 눈물이 나는군.

"윽."

어쨌든 에이의 반응을 보아하니, 내 허세가 제대로 먹힌 것 같다.

그래서 나는 아이들에게 악평이었던 미소를 지으며 에이에게 말했다.

"즉, 나는 매일매일 여기에 와서 배불리 먹으며 네가 천천히 굶어 죽는 걸 지켜볼 수 있다는 거지. 아니면, 음."

오늘따라 세현에게 빌려 봤던 일본산 만화책이 참 도움이 되는군.

"먹을 걸 조건으로 너한테 재밌는 일이라도 시켜 볼까?"

에이가 깜짝 놀랐지만 그것도 잠깐.

"그, 그런 게 어디 있어? 이 깡패! 조폭! 악마! 유괴범! 악취미! 변태!"

이내 자신의 몸을 두 팔로 감싸고서는 비명 같은 소리를 지르며 공포에 떨었다.

나는 그 모습을 보다가 재미있는 장난감을 구경하는 것처럼 지하 감옥을 여유롭게 한 바퀴 돌며 생각했다.

······너무 놀렸나?

아니, 저도 이렇게까지 할 생각은 없었거든요?

밥을 혼자 다 먹은 것도 그럴 만한 이유가 있었고.

세희가 준비해 둔 비닐 봉투는 음식을 덜어서 감옥 밑에 뚫려 있는 구멍을 통해 안으로 넣어 주는 용도였을 거다.

하지만 내가 보기에 그건 좀 아니다.

그 뭐냐, 포로의 기본적인 권리를 지켜 주기로 한 협약 같은 것도 있잖아.

그러니까 일단 내가 밥을 다 먹고…….

저도 배가 고팠습니다! 에이한테 쌓인 것도 풀고 싶었고요!

어쨌든 그다음에 물어볼 거 물어본 뒤, 세희에게 에이의 밥도 제대로 차려 주라고 말할 생각이었다.

그런데 자기가 한 짓에 대해 조금도 반성을 안 하는 에이의 모습을 보다 보니, 생각하지도 않은 말들이 줄줄 입에서 나와 버린 거지.

……그동안 제가 스트레스를 많이 받았나 봅니다.

지금 등을 돌린 것도 스스로 내뱉은 말에 곤란해져서 이걸 어떻게 수습해야 하나 생각하기 위해서였는데, 그걸 또 에이는 조금 다르게 받아들인 것 같다.

"으아아앙~ 엄마아아아아~!"

갑자기 서럽게 우는 걸 보니까.

나는 요괴의 왕이지 악당의 왕이 아니다.

엄마를 찾으며 우는 아이의 울음소리에는 마음이 약해질 수밖에 없다.

어쩔 수 없네.

나는 대강 내가 저지른 사태를 수습할 법을 생각해 낸 뒤 걸음을 멈추고 에이에게 말했다.

"하지만."

"흐끅?"

감옥 바닥에 주저앉아서 펑펑 울고 있던 에이는 작은 희망이라도 놓치고 싶지 않다는 듯, **순식간에 울음을 뚝 그치고** 나를 올려다보았다.

"네가 지금부터 어떻게 행동하느냐에 따라 다를 수도 있지."

세현이 좋아하는 작품에서 등장하는 주인공의 말을 인용한 나는 최대한 얼굴에 철판을 깔고 말했다.

"두 가지 선택지 중 하나를 골라."

그래도 불안해서 한 손으로 얼굴을 가리며 말을 이었다.

"이곳에서 굶어 죽든가."

나는 격렬하게 고개를 가로젓는 에이를 보며 말을 이었다.

"내 어머니와 나래에게 네가 했던 일을 진심으로 사과하고, 다시는 그런 짓을 하지 않겠다고 맹세하는 것."

이것이 세희가 질색했던 내 첫 번째 계획이다.

나 역시 개인적으로는 에이를 혼쭐을 내 주며 해 보고 싶은 것들이 있기에, 이런 기회를 주는 것 자체가 그다지 마음에 들진 않지만……

어찌 되었건 에이는 아직 어린 요괴다.

힘이 부족해서인지, 정신 연령이 낮아서인지는 모르지만 그것만큼은 부정할 수 없다.

그렇다면 상대적 어른으로서 아이에게 한 번의 기회 정도는 줘야 하지 않을까.

에이가 진심으로 자신이 한 행동을 반성하고 새사람이 될 수 있는 기회를.

"픕!"

그리고 에이는 그 기회를 단번에 걷어찼다.

"뭐야? 그거 겁나 쉽잖아♥ 사과하면 되는 거지? 앞으로 납치 같은 것도 안 하고. 그 정도는 할 수 있으니까 일단 여기서 내보내 줘."

자신이 언제 울었냐는 듯이.

아까 그건 거짓 울음이었냐.

······아니, 그 전에.

이 녀석은 생각이라는 걸 안 하는 거야?

조금 전까지만 해도 세상이 망한 것처럼 울다가 입장이 좀 나아질 기미가 보이니까 바로 피식 웃고 건들거리며, 반성하는 기색도 없이 말하면 지금 무슨 생각을 하고 있는지 다 보인다는 걸 모르나?

나라면 조금이라도 고민하는 척을 한 다음에, 먼저 최대한 공손한 말투로 미안하다는 말부터 먼저 했을 거다.

······그래 봤자 바로 들키겠지만, 안 하는 것보다는 낫겠지.

그런 최소한의 노력도 없이 일단 지금 상황만 모면하기 위해 마음에도 없는 소리를 한 에이를 바라보며······.

"응? 뭐 해? 일단 여기서 나가야 사과도 할 수 있잖아? 내 말 틀려? 아니잖아? 아니면 그 두 사람, 여기로 데려올 거야? 뭐, 나는 그래도 상관없긴 해. 아, 맞다. 그럴 거면 나갔다 오면서 간단하게 먹을 것 좀 가져와 줘. 그 정도는 괜찮지? 응? 용서해 준다고 했잖아. 선불이라고 생각하고 뭐 좀 갖다 줘♥ 하루 종일 아무것도 못 먹어서 배고파 죽겠으니까."

아니, 관두자.

나는 첫 번째 계획은 깔끔하게 포기하고 에이에게 등을 돌렸다.

"어, 그래. 잘 있어라."

더 이상 이곳에 있어 봤자 시간 낭비다.

나는 에이의 말을 한 귀로 듣고 한 귀로 흘리면서 계단을 향해 걸어갔다.

"어? 잠깐만! 어디 가? 뭐야! 갑자기 왜 그래? 내 말 제대로 들은 거 맞아? 내가 분명 사과한다고 했잖아? 뭐가 문제야?"

저 녀석과 할 이야기는 산더미같이 많지만, 일단 버릇부터 고쳐 놓는 게 좋을 것 같거든.

그게 두 번째 계획을 따르기에도 좋아 보이고.

"내 말 무시하지 마! 돌아오라고! 사과하면 내보내 준다고 했잖아! 약속 지켜! 자기가 한 말 정도는 지키라고!"

감옥 안에서 하룻밤 정도 지내다 보면 저 이유 모를 건방진 태도도 좀 나아지지 않을까 싶다.

무엇보다 나한테는 에이와의 일보다 급한 일이 산더미같이 많으니까 말이지.

나는 그리 생각하며 뒤에서 들려오는 에이의 성난 목소리를…….

"잠깐! 오빠야! 내가 잘못했어! 이렇게 빌 테니까, 응? 다시! 다시 이야기 좀 해!"

아니, 애원에 가까워진 목소리를 무시하며 계단을 올라갔다.

철문은 내가 나오기를 기다렸다는 듯이 바로 열렸다. 밖으로 나오니, 작은 세희의 인형 두 개가 양옆을 지키고 있는 걸 볼 수 있었다.

끄덕.

눈이 마주친 인형이 고개를 끄덕이기에 예의상 고개를 숙인 뒤, 나는 부엌으로 들어가…… 려다가 신발장이 없는 걸 보고 뻥 돌아서 마당 쪽을 통해 부엌으로 들어갔다.

"생각보다 빨리 오셨습니다, 주인님."

"그러게 말이다."

나는 머리를 긁적이려다가 세희가 배를 깎고 있는 걸 보고 허리를 짚으며 말했다.

"이야기가 잘 안 돼서."

세희는 말없이 오른손에 쥐고 있는 과도를 돌려 칼자루를 들이밀며 말했다.

"귀에서 귀까지입니다, 주인님."

"……뭐가?"

세희는 말없이 왼손으로 턱을 따라 오른쪽 귀에서 왼쪽 귀까지 스윽 긁었다.

나는 세희가 내민 과도를 받아들고서 도마 위에 올려놓으며 말했다.

"무서운 말을 아무렇지 않게 하지 마라."

"그러면 어찌하실 겁니까?"

"내일 다시 한번 찾아가 볼 생각이야."

두 번째 계획을 선택하기 전에 한 번 정도는 더 기회를 주고 싶으니까.

……차가운 바람 덕분에 화가 좀 가라앉았거든.

"하룻밤만으로 사람 생각이 변하겠습니까?"

나는 일부러 인상을 찌푸리며 세희에게 말했다.

"변할 수도 있지."

일단 어린애니까.

"겉모습은 말이죠."

"내면도 자기만 아는 어린애였어."

"세상에, 맙소사. 오늘만 벌써 두 번이나 주인님께서 하신 말씀이라고는 상상하지 못할 정도로 적절한 반론을 듣고 말았습니다."

세희는 깜짝 놀랐다는 듯한 말투와는 달리 표정 하나 바꾸지 않고 과도를 집어서는 능숙하게 배를 마저 깎았다.

이야, 껍질을 한번도 안 끊어 먹네. 사과는 몰라도 배는 정말 어렵던데.

"뭘 그리 신기하게 쳐다보십니까?"

"그러게."

세희의 핀잔에 나는 고개를 끄덕였다.

하긴, 세희라면 포도 껍질도 깎을 수 있을 테니까.

세상에 못 하는 게 없는 세희라면 분명 내가 부탁하고 싶은 일도 손바닥 뒤집는 것보다 쉽겠지?

안 그래?

"무슨 부탁 말입니까."

세희의 질문에 나는 순순히 대답했다.

"감옥에 있는 에이한테 먹을 것 좀 주라고."

아무리 건방지고, 반성하는 기색이 없고, 사람 말도 제대로 듣지 않고, 지금 상황만 벗어나기 위해 거짓말만 하는 녀석이라 한들!

애를 굶기는 건 좀 아니잖아?

하지만 인도주의적 차원에서 내린 구국적 결단을 들은 세희는 잘 까 놓은 귤을 내 쪽을 향해…….

정확하게는 손에 힘을 주면 내 눈에 즙이 튀길 정도로 가까이 대며 말했다.

"저는 분명 2인분을 차려 드렸습니다만."

나는 내 눈의 안전을 위해 재빠르게 잔머리를 돌린 뒤 세희에게 말했다.

"밥이 너무 맛있어서 그 자식 주기 아깝더라고!"

세희가 낮은 한숨을 쉰 뒤 손을 내리는 걸 보니 아무래도 정답이었나 보다.

"그 말씀을 들으면 소희 님께서 기뻐하시겠군요."

"뭐?"

말도 안 돼.

바로 어제 이쪽 세상에 온 소희가 양식도 아니고 한식을 그렇게 맛있게 만들었다고?

"제가 조금 도와 드리긴 했습니다만, 오늘 주인님께서 드신 저녁은 소희 님께서 차리신 게 맞습니다."

현실은 언제나 상상을 뛰어넘는 법이지.

"……어, 진짜?"

"그렇습니다."

할 말을 잃은 나는 입을 살짝 벌린 채 감탄밖에 할 수 없었다.

알다시피 세희의 음식 솜씨는 우리 집에서 최고다. 실력만 보면 지금 당장 별 다섯 개짜리 호텔에서 모셔 가도 이상하지 않을 정도로.

그런데 다른 문화권에서 온 소희가 하루 만에 세희와 맛의 차이가 없을 정도로 완성도 있는 한식을 차렸다고?

"뭘 그렇게 놀라십니까, 주인님."

"읍?"

나는 입안에 들어온 귤의 단맛과 신맛을 느끼며 세희의 말을 들었다.

"그것이 소희 님의 재능입니다."

그렇게 말하는 세희는 어째선지 기분이 좋아 보였다.

그 덕분이라고 해야 할까.

세희는 내 부탁을 들어주었다.

그렇다고 에이를 위해 거창하게 상을 차려 주는 건 아니었다. 페이의 간식으로 준비해 둔 빵과 우유를 주는 거였지만 그 정도면 차고 넘칠 거다.

페이가 먹는 빵은 비싸고! 맛있는 데다가 비싸며! 칼로리도 높고 비싸니까!

다시 말해 그 건방진 자식에게 주기는 아깝다는 말입니다요.

그렇다고 세희에게 다시 한번 상을 차리라고 했다가는 나나 에이, 둘 중 한 명이 상을 치를 것 같아서 그럴 수 없었고.

나는 속으로 생각한 얼빠진 말장난에 살짝 만족하며 내 방으로 들어갔다.

"아, 오라버니. 잘 다녀오신 거예요?"

"부산엔 잘 갔다 왔느냐, 성훈아."

의외의 손님 두 분이 나를 기다리고 있는 내 방으로.

치이는 방석 위에서 단정하게 앉아 이쪽을 바라보고 있었고, 랑이는…….

"뭐 하냐?"

"에헤헷, 성훈이가 올 때까지 잠깐 놀고 있었느니라."

분명 내가 장롱 속에 집어넣었던 이불을 둘둘 몸에 두르고 있었다.

내가 그 모습을 보고 피식 웃자, 치이가 귀 윗 머리카락을 파닥이며 손가락으로 이불 밖으로 나와 있는 랑이의 볼을 콕콕 찌르며 말했다.

"그러니까 그만 나오라고 했던 거예요!"

"으냐아~ 치이도 같이 놀았으면서 왜 그러는 것이느냐아~."

내 시선이 향하자 볼을 붉힌 치이가 다급히 랑이에게 말했다.

"어, 언제 놀았다는 건가요?!"

"나는 이불을, 치이는……."

"꺄우우우!"

"으냐아앗?!"

진실을 은폐하고픈 치이가 벌떡 일어나 이불의 끝을 잡고 높이 들어 올리자 그 원심력에 랑이가 허공에서 휘리릭 돌다가 방바닥에 떨어졌다.

자신이 고양잇과라는 걸 증명하겠다는 듯, 네 발로 멀쩡하게.

랑이가 벌떡 일어나서 치이에게 외쳤다.

"한번 더 하자꾸나!"

"지금이 그럴 때인가요?!"

"왜, 재밌어 보이는데."

나도 하고 싶을 정도로.

내가 할 때는 밑에 푹신한 요를 두 개 정도 깔아 놔야겠지만.

"역시 성훈이니라! 나와 마음이 맞는구나!"

"아우우우, 이럴 때는 둘 다 애처럼 보이는 거예요."

같은 애인 치이가 정말 어쩔 수 없다는 듯이 크게 한숨을 쉬고는 랑이에게 말했다.

"지금 오라버니하고 놀려고 온 게 아닌 거예요."

"헤헤헷, 그건 나도 알고 있느니라."

랑이가 머쓱한 웃음을 흘리며 조용히 치이의 옆에 다가가 앉았다. 랑이가 양반다리를 하고 앉아 무릎 위에 손을 올리는 것까지 본 후.

치이가 낮게 헛기침을 한 뒤 내게 말했다.

"오라버니. 힘든 일을 마치시고 돌아오신 오라버니께 정말 죄송스럽지만, 정말 중요한 이야기가 있는 거예요."

듣는 순간 알 수 있었다. 내가 에이를 만나러 간 도중에 있었던 가족회의에서 나온 이야기를 랑이와 치이가 내게 전해주러 온 거라는 걸.

"그래."

그렇게 머릿속으로 정리를 끝낸 나는 랑이와 치이의 뒤쪽으로 간 뒤.

"아우우우?"

"으냐아?"

살짝 잔머리를 굴려 조금 전까지 랑이가 돌돌 말고 있던 이불을 차곡차곡 잘 접은 다음에 그 위에 등을 기대며 말했다.

"중요한 이야기인 것 같아서 미안한데, 내가 조금 피곤해서. 이대로 들어도 괜찮지?"

"……."

"……."

랑이와 치이가 누가 먼저라고 할 것 없이 서로를 바라보며 눈빛을 교환한 뒤 말했다.

"그러면 내일 이야기하자꾸나, 성훈아."

"그런 거예요. 오늘은 이만 쉬시는 거예요, 오라버니. 피곤하신데 실례한 거예요."

딱 봐도 내가 말리지 않으면 바로 방을 나갈 기색이다.

"아니, 괜찮아."

그래서 나는 둘을 다시 자리에 앉혔다.

"그 정도까지는 아니니까."

거짓말은 아니다.

어제, 오늘 정말 많은 일이 있었기에 정신적으로 지쳐 있는 건 사실이지만 이렇게 랑이와 치이를 보는 것만으로도 몸속에서 알 수 없는 기운이 솟아나는 걸.

그런데 왜 괜히 이불에 기대서 피곤하냐고 말했냐면…….

아이들이 가족회의를 열었던 이유를 조금은 예상할 수 있었거든.

그렇다.

이건 이 대화에서 조금이라도 우위에 서기 위한 나의 치졸하고 얄팍한 꾀다!

그런데.

"……아우우우? 그러고 보니까 진짜로 안 피곤해 보이시는 거예요."

눈을 가늘게 뜨고서 내 얼굴을 찬찬히 뜯어보던 치이가 그렇게 말했다.

"그, 그러하느냐?"

치이의 말에 랑이가 살짝 말을 더듬을 정도로 당황하고는 나를 물끄러미 바라보았다. 그 정도로는 만족하지 못했는지 거의 코가 닿을 정도로 가까이 다가와서는 고개를 이쪽으로 갸웃, 저쪽으로 갸웃거리던 랑이가 나에게 말했다.

"……성훈아."

"응?"

"이상하게 평소보다 피부에 윤기가 돌고 눈동자가 반짝반짝하는 것이, 나 몰래 맛있는 거라도 먹었느냐? 내 눈에도 네가 산책 나가자고 했을 때의 바둑이처럼 쌩쌩하게 보이느니라."

"……."

왜 그럴까 잠깐 고민을 해봤고, 답은 쉽게 나왔다.

대단하네, 천령!

아니, 랑이와 치이의 관찰력이 더 대단하다고 해야 하나?

하지만 이제 와서 물러날 수도 없는 법!

"말했잖아. 별로 안 피곤하다고."

치이의 눈매가 조금 더 가늘어졌다.

"……뭔가 좀 이상한 거예요."

이, 이 녀석! 눈치챘나?!

"왜 그러느냐, 치이야. 성훈이가 건강하면 좋은 거 아니느냐? 응?"

그나마 랑이가 치이의 손을 잡으며 더 이상의 추궁을 막아
줘서 다행이었다.

"아우우우, 그야 당연한 거고요."

골똘히 뭔가를 생각하는 것처럼 보이던 치이였지만, 이내
휴~ 하고 한숨을 쉬고서는 밝은 미소를 지으며 내게 말했다.

"어쨌든 오라버니가 괜찮으신 것 같아서 정말 다행인 거예
요."

"그, 그래."

괜한 꾀를 썼다가 일을 낼 뻔했던 나한테도 정말 다행이다.
역시, 이런 건 나한테 어울리지 않아.

그래서 나는 랑이와 치이에게 말했다.

"그래서……."

"그 전에 말이니라."

정말로 드물게 랑이가 내 말을 자르며 목소리를 냈다.

나는 자연스레 올라가는 입가를 숨기지 않고 고개를 끄덕였
고, 그런 내게 랑이가 말했다.

"성훈아, 너를 빼놓고 아해들끼리만 이야기한 건 정말 미안
하느니라. 하지만 성훈이가 잠들어 있었고, 요 며칠 사이에 많
은 일이 있어서 먼저 우리들끼리 의견을 정한 뒤 말해 주는
게 너에게 좋아 보여서 그랬느니라."

치이가 랑이의 말을 이어받았다.

"그런 거예요, 오라버니. 절대 오라버니를 무시하려던 건 아

니에요. 하지만 오라버니께서 이 일 때문에 저희에게 서운한 감정이 드셨다면 정말 죄송하다는 말밖에 할 게 없는 거예요."

나는 피식 웃음을 흘리고서 손을 저으며, 어떤 벌이라도 기꺼이 받겠다는 태도를 보이고 있는 랑이와 치이에게 말했다.

"괜찮아, 진짜로. 애초에 그땐 내가 정신이 들어 있던 것도 아니고……."

나는 이불에서 등을 떼고 허리를 세우며 말을 이었다.

"대충 무슨 일 때문인지 알 것 같으니까."

랑이와 치이가 누가 먼저라고 할 것 없이 고개를 끄덕였다.

"그러하느냐."

"그건 다행인 거예요."

랑이가 허리를 바로 펴고 양쪽 무릎에 주먹 쥔 손을 올려놓고서는 똑바로 나를 바라보며 입을 열었다.

"네게 이야기하고 싶은 건, 에이란 아해에 대한 것이니라."

나는 고개를 끄덕인 뒤.

"그런데."

랑이에게 물었다.

"어떻게 알았어?"

내 말에 랑이가 깜짝 놀라 눈이 동그래졌다가, 이내 살짝 삐친 것처럼 입술이 아주 살짝 튀어나왔다.

"으냐아…… 가끔은 성훈이가 나를 너무 무시하는 것 같단 생각이 드니라. 이곳은 내 앞마당. 그것도 내가 가장 소중히 여기는 우리들의 보금자리이니라. 그런데 내가 그 아해가 이곳에 온 것도 모르겠느냐?"

나는 아주 살짝 섭섭함을 드러내는 랑이의 머리를 쓰다듬고 싶었지만, 이야기가 엉뚱한 곳으로 빠지는 걸 막기 위해 힘껏 참았다.

그 대신 응, 응 하는 소리와 함께 고개를 끄덕였지만.

"하긴 너라면 눈치챌 것 같긴 했어."

나는 랑이의 호랑이 귀가 번쩍 서고 꼬리가 물결처럼 흔들리는 걸 보며 말을 이었다.

"그래서 원래는 몸 상태가 나아지면 바로 모여서 그 녀석을 어떻게 할지 상의할 생각이었고."

하지만 랑이가 먼저 알아채 준 덕분에 중간 과정을 바로 넘기게 되었다.

나는 무릎에 팔을 괴며 랑이와 치이에게 말했다.

"그래, 가족회의에선 무슨 결론이 나왔어?"

"으냐앗?!"

랑이가 깜짝 놀라 새된 목소리로 대답했다. 왜 그런가 싶었더니, 내 대답에 기분이 풀리다 못해 들떠 버린 랑이의 옆구리를 치이가 꾸욱 찌른 것 같다. 꽤나 손에 힘을 줬는지 랑이가 옆구리에 손을 대고 치이를 돌아봤지만, 정작 치이는 랑이를 모른 척하며 내게 말했다.

"저희는 에이를 최대한 빨리 내쫓고 싶은 거예요."

그 말을 듣고서 랑이도 허겁지겁 자세를 바로잡으며 말했다.

"그, 그러하느니라. 다들 그랬으면 좋겠다고 마음을 모았느니라."

……다들? 그럴 리가 없는데?

그 말이 조금 이상해서 고개를 갸웃거렸을 때.

치이가 어깨를 움찔 떨고는 랑이의 옷자락을 잡아끌었다.

"응? 왜 그러느냐, 치이야?"

"잠깐 할 말이 있는 거예요."

그렇게 말한 치이는 나를 보며 말을 이었다.

"잠시만 기다려 주시는 거예요, 오라버니."

흐음? 무슨 일인가 궁금했지만 나는 관대한 마음으로 아무것도 묻지 않기로 했다.

"그래."

제가 머리는 나쁜데 눈하고 귀는 좋거든요.

치이가 몸을 돌리자 머리카락으로 물음표를 만든 랑이도 엉덩이를 돌려 내게 등을 보였다.

치이가 힐끗 뒤를 돌아본 뒤, 정말 작은 목소리로 랑이에게 말했다.

"아우우우, 다는 아닌 거잖아요? 왜 갑자기 과장하는 건가요?"

"그, 그렇지만 이렇게 말하는 게 더 성훈이를 설득하기 좋지 않겠느냐?"

"오라버니는 이상한 곳에서만 눈치가 좋은 거예요! 지금도 보는 거예요. 뭔가 이상하다고 생각하는 게 얼굴에 다 나오는 거잖아요!"

"그건 나도 알지만 말이니라. 그래도 거짓말은 아니지 않느냐? 다들 반대는 안 했으니까 말이니라."

"······오라버니는 의외인 부분에서 꼼꼼히 따지는 성격이라 거짓말이라고 생각할지도 모르는 거예요."

"······그러고 보니 그렇구나."

"그러니까 지금이라도 제대로 말하는 거예요."

"알겠느니라!"

······상당히 복잡 미묘한 기분이 드는데.

하지만 부정할 수 없는 사실이라 할 말이 없다. 애초에 엿들은 거라 딴죽을 걸면 안 되기도 하고.

무엇보다 다시 내 쪽으로 돌아앉은 랑이가 주먹을 입에 대고 크흠! 하고 헛기침을 했으니까 말이지.

"성훈아."

"응."

"내가 말을 잘못했느니라. 사실 다들 그렇게 말한 건 아니고, 성의와 성린은 **그 일에 대해선** 우리들 편한 대로 하라 그랬느니라."

"그리고 나래 언니는 오라버니 뜻대로 하라 하신 거예요."

그래, 나래는 그렇게 말했겠지.

그러면 에이를 내쫓고 싶다고 뜻을 합친 건 랑이와 치이, 폐이와 아야라는 거구나.

······냥이는 그냥 '흰둥이가 그렇다면 그리하거라~.' 같은 말을 했을 것 같단 생각이 드는 건 내 기분 탓일까?

"알았어."

나는 고개를 끄덕인 뒤, 다시 본론으로 돌아오는 질문을 던졌다.

"그래서 너희들은 왜 에이를 내쫓고 싶은데?"

치이가 즉답했다.

"오라버니가 지금까지 걸어왔던 길을 생각해 보시는 거예요."

그래서 나는 그렇게 해 보았다.

……만감이 교차한 나는 눈물 한 방울을 흘리며 천장을 바라보았다.

"정말 파란만장했지…… 진짜로……."

여러 가지 의미로 받아들일 수 있는 내 말에 랑이의 꼬리가 힘을 잃고 축 늘어졌고, 치이는 당황해서 귀 윗 머리카락을 격렬히 파닥이며 말했다.

"꺄우우우! 그, 그런 뜻으로 말한 게 아닌 거예요!"

나는 과거에서 벗어나 현실을 바라보며 치이에게 말했다.

"그러면 무슨 뜻이었는데?"

이번에는 치이의 눈짓에 겨우겨우 기운을 되찾은 랑이가 내게 말했다.

"이런 말을 하면 성훈이가 나한테 섭섭해할지도 모르겠지만, 그래도 말해야겠느니라."

"잠깐만."

나는 우리 집에서 그 누구보다 큰 사고를 쳤던 호랑이에게 말했다.

"설마, 또 가출하겠다는 말은 아니지?"

마른하늘에, 그것도 방 안에서 날벼락을 맞은 것처럼 랑이가 털을 부풀리고서는 앉은 자세 그대로 공중에 붕 떴다가 다시 내려앉은 뒤 황급히 외쳤다.

"그, 그, 그럴 리가 어, 없잖아?! 갑자기 무슨 말을 하는 거야?!"

말투를 바꾸는 걸 깜빡할 정도로 놀랐구나, 랑이야.

"농담이다, 농담."

나는 피식 웃었고, 그제야 사태를 파악한 랑이가 볼을 크게 부풀렸다.

내가 너무 심하게 놀렸군.

"내가 너희들한테 섭섭해할 일은 그 정도밖에 없다는 뜻이었어. 화 풀어."

입술이 삐죽 튀어나온 랑이가 말했다.

"……성훈이는 가끔 너무 짓궂게 굴 때가 있느니라."

이미 화는 다 풀린 것 같지만.

"아우우우…… 또 이야기가 엉뚱한 곳으로 빠진 거예요."

그리고 치이는 차갑게 식은 눈으로 나와 랑이를 번갈아 보았다.

"흐흠!"

치이의 딴죽에 랑이는 다시 한번 헛기침을 하고서 내게 말했다.

"그건 그렇고 말이니라!"

"그래, 잘 듣고 있다. 아주 자알~."

"으~!"

랑이가 살짝 불만 섞인 소리를 냈지만, 그것도 잠시.

옆에 치이가 있기 때문일까, 아니면 그만큼 중요한 일이기 때문일까.

짝! 소리가 나게 손바닥으로 두 뺨을 친 뒤, 내게 흔들림 없는 목소리로 말했다.

"나는 그런 아해를 내 동생으로 삼고 싶지 않으니라."

아, 그런 이유로 나보고 인생을 되돌아보라고 한 거였어?

상황을 파악하니 하고 싶은 이야기가 굴뚝같았지만, 아직 랑이의 말은 끝나지 않았다.

지금은 랑이의 이야기에 집중하자.

"그 아해는 어머님과 나래에게 정말 나쁜 잘못을 저질렀고, 지금껏 반성하는 기색도 없었느니라."

반성만 안 할까. 자신이 처한 상황도 이해 못 하고 나를 엿…… 아니, 욕하지 못해서 안달이던데.

"만약에 성훈이가 그 아해를 정말 네 품 안에 거두고 내 동생으로 들이고 싶다면, 먼저 자신의 잘못을 깨닫는 것이 먼저이니라. 그리고 어머님과 나래에게 정성을 다해 사과하고 자신이 저지른 죗값을 치루기 위해 나무해 오기를 3년, 불 때 주는 걸 3년, 물 길어 오기를 3년 동안은 해야 할 것이니라."

아무리 그래도 여기에는 딴죽을 걸 수밖에 없었다.

"그거 바리공주에서 따온 거야?"

나도 어렸을 때 읽은 거라 자세한 내용은 기억 안 나지만,

강을 건너가기 위해 9년 동안 일해야 했다는 부분은 똑똑히 기억하고 있다.

'이 무슨 자본가의 폭거인가!' 하고 분노했거든.

"에헤헷, 들켰느냐?"

하지만 랑이는 나와 다른 방향으로 바리공주를 읽었는지, 수줍게 웃으며 귀를 만지작거리며 말했다.

"사실 그러하느니라. 전에 냥이하고 같이 읽었는데 그 부분이……."

"……이제는 아예 삼도천으로 가시는 건가요?"

바로 치이가 차가운 목소리로 말을 자르며 끼어들었지만.

덕분에 살짝 풀이 죽은 랑이 대신 치이가 말했다.

"지금 가장 중요한 건 다들 그 애한테 화가 많이 났다는 거예요. 그래서 지금 당장은 오라버니가 그 애한테 관심이 있다 해도 저희는 받아들이기 힘든 거예요. 그러니까 최소한 저희들이 납득할 만한 벌을 주고, 시간을 둔 뒤에 데려오도록 하셨으면 하는 거예요."

그 마음을 이해하기에 나도 고개를 끄덕였다.

하지만 입에서 나온 말은 조금 달랐다.

"그건 오해다."

"으냐아?"

"아우우우?"

나는 고개를 갸웃거리는 랑이와 치이에게 말했다.

"나는 그 자식을 그런 식으로 생각해 본 적이 단 한 번도

86
나와 호랑이님 25

없어."

　내 입장에서는 오히려 랑이와 치이, 그리고 다른 아이들이 내가 에이를 자기들한테 그러했듯이 끌어안을 거라고 생각했다는 게 이상할 지경이다.

　에이를 가족의 일원으로 받아들일 생각? 그런 생각은 지금까지 단 한 번도 한 적 없다.

　내가 오지랖이 넓기는 해도, 내 소중한 사람들에게 그딴 짓을 한 녀석을 봐줄 정도로 호인은 아니라고.

　나는 지금, 내가 준 마지막 기회를 제 발로 걷어찬 그 녀석에게 충분한 죗값을 받아 낼 생각밖에 없다.

　뭐, 그러면서 겸사겸사 사람 구실, 아니, 요괴 구실 정도는 할 수 있게 만들면 좋고.

　"그러니까 너희들이 걱정하는 일은 절대 없을 거다."

　이 정도로 확실하게 말하면 괜찮을 거라 생각했던 내게 치이가 말했다.

　"처음에는 다 그렇게 시작했던 거예요."

　치이의 말에 나는 피식 웃음을 흘리고서 말했다.

　"네가 말하니까 참 설득력 넘치네."

　"아우우우?"

　어리둥절해하던 치이가 내 말뜻을 깨닫고는 양 볼을 빨갛게 물들이고 귀 윗 머리카락을 파닥거리며 외쳤다.

　"꺄우우우! 왜 그때 일을 말하는 거예요?!"

　그렇다.

우리 집에 있는 아이들 중, 나와 처음부터 사이가 좋았던 녀석은 랑이밖에 없다. 다들 처음 만났을 때는 나와 이런저런 이유로 삐걱거렸지.

그중에서도 으뜸은 치이라 할 수 있다. 처음부터 내 목숨을 노리고 덤벼든 건 우리 사랑스러운 여동생님밖에 없었으니까 말이야.

그래서 나는 능글맞게 웃으며 말했다.

"왜긴 왜야? 내 인생에서 본 가장 위협적인 발차기는, 네 날아 차기였으니까 그렇지."

"그, 그만하시는 거예요. 그건 제가 잘못한 거예요."

부끄러운 과거가 언급돼서 그런지 치이가 두 팔로 얼굴을 가리고 고개를 숙였다.

그런 치이를 대신해서, 어째서인지 당황하고 있는 랑이가 내게 말했다.

"그, 그러하느니라! 꼭 그, 그런 이야기를 지금 할 필요는 없지 않으냐?"

아, 그런 거였냐.

랑이도 자기 생각엔 이런 화제에서 떳떳하지 못하다고 여기는 것 같다.

내가 보기엔 모두 다 하늘을 우러러 한 점 부끄럼 없는 아이들밖에 없는데.

"하긴 그러네."

그래서 나는 이야기를 다시 되돌리기로 했다.

"그래도 미안하지만, 이번에는 너희들의 의견을 들어줄 수 없을 것 같다."

다시 한번, 내 뜻을 밀어붙이는 것으로.

하지만 랑이와 치이는 마치 그럴 줄 알았다는 듯, 불만을 말하기보다는 의문을 입에 담았다.

"무슨 생각을 하고 계시는 건가요, 오라버니?"

"괜찮다면 우리에게 말해 주었으면 하느니라."

아이들에게 숨길 것도 없고 설령 있다 한들 숨겨서도 안 되기에, 나는 내 생각을 그대로 말했다.

"한동안 에이를 내 옆에 두고, 그 녀석으로 언령을 쓰는 법을 훈련하면서 겸사겸사 버릇도 고쳐 볼 생각이거든."

서론과 본론을 넘기고 결론부터 말했기 때문일까.

"으냐아?"

"아우우우?"

랑이는 머리카락으로 물음표를 만들었고, 치이는 고개를 좌우로 까닥였다.

그중 먼저 생각을 정리한 치이가 내게 물었다.

"왜 이야기가 그렇게 되는 건가요, 오라버니? 이것저것 말씀하셨지만, 결국 그 아이를 옆에 두고 훈육하신다는 말씀이시잖아요?"

"성훈이는 그 아이를 싫어하던 것 아니었느냐?"

싫어하지. 그것도 엄청 싫어한다. 마음 같아서는 에이를 형틀에 묶은 뒤 곤장으로 내려치고 싶을 정도다.

하지만.

"그런 말도 있잖아. 세상에 나쁜 개는 없다."

"……"

"……"

나름 괜찮은 예를 들었다고 생각했는데 반응이 조금 이상하군.

"……뭔가 좀 아닌가?"

치이가 격하게 고개를 끄덕이며 말했다.

"아무리 그래도 그 말은 에이한테 쓰면 안 되는 거예요."

"그러하느니라. 에이는 개의 요괴가 아니니까 말이니라."

그쪽이었냐!

상상도 못 한 이유로 딴죽이 걸려 잠시 혀가 멈춰 버린 나를 두고 랑이와 치이는 말을 이었다.

"지금 말을 바둑이가 들었으면 많이 슬퍼했을 거예요."

"응, 응. 그런 아해랑 자기를 비교한다고 풀이 죽을 것이니라."

나도 모르게 고개를 끄덕이며 긍정하려는 순간.

랑이가 갑자기 히죽 미소를 지으며 말했다.

"농담이었지만 말이니라."

농담이었냐!

진담인 줄 알았는데!

"제대로 성공한 거예요."

짝!

랑이와 치이가 서로를 마주보며 손뼉을 마주쳤다.

……이, 이 녀석들 봐라? 완전 깜빡 속아 버렸잖아! 그렇다면 나도 장난으로 답해 줄 수밖에 없지!

그렇게 생각하고 살쩍 엉덩이를 바닥에서 떼는 순간.

"그럼 가벼운 이야기는 이 정도로 하고 말이니라."

자세를 바로 하고 진지한 표정을 지은 랑이가 나를 어정쩡한 자세로 있게 만들었다.

"성훈이의 말은 결국 우리에게 그리했듯이 그 아해 역시 보듬어 주고 싶다는 것처럼 들렸느니라."

이제는 다시 앉게 만들었고.

아무리 나라 해도 이런 진지한 분위기 속에서 장난을 칠 생각은 들지 않는다고.

나는 그 욕망을 마음 한구석에 잘 모셔 두고 랑이와 치이에게 말했다.

"아니."

내 생각을 숨기지 않고.

"그럴 거라면 그 녀석으로 언령을 연습할 생각도 안 했겠지."

아이에게 필요한 건 매가 아닌 따스한 관심과 사랑이니까.

내가 랑이와 치이, 페이와 아야에게 그러했듯이.

하지만 에이는 다르다.

"애초에 그 녀석 말이다. 너희들이랑 다르게 성격도 나쁘고, 재수도 없고, 보고 있으면 한 대 쥐어박고 싶고, 짜증 나고, 지 잘난 줄 알고, 눈치도 없고, 주제 파악도 못 하고, 사람 사이에 지켜야 할 최소한의 예의범절도 모르고, 사람 말귀도 못 알아먹는 녀석이잖아? 그런데 뭐가 예쁘다고 내가 그렇게 신경 써 주겠냐?"

신랄한 내 평가에 랑이와 치이가 살짝 당혹스러워했지만, 나는 계속해서 말했다.

"하지만 그래서 그런지, 아예 손 놓고 내쫓는 것도 못 할 짓 같더라."

에이가 적당히 건방지고 버릇없는 녀석이라면, 확인해 볼 것만 확인하고 내쫓았을 거다. 그래도 적당히 알아서 잘 살 테니까.

하지만 에이는 다르다.

저런 녀석은 지금이라도 제대로 잡아 주지 않으면 진짜로 길거리에서 요술 맞고 죽거나 종잡을 수 없을 정도로 엇나갈 테니까.

왜 그렇게 생각하냐고?

나라면 그럴 것 같으니까.

그렇게 다시 한번 생각을 정리한 나는, 지금껏 아무 말 없이 기다려 준 랑이와 치이에게 에이를 내버려 둘 수 없는 이유를 말하려다…….

과거의 치부를 내 입으로 다시 한번 드러내야 한다는 사실에 머쓱해져서 뒤통수를 긁적이며 조심스럽게 입을 열었다.

"너희들, 내가 어렸을 때 어떤 성격이었는지 대충은 알고 있지?"

"으냐아……."

"아우우우……."

그것만으로 랑이와 치이는 내가 무슨 말을 하려는지 이해한 것 같다. 그렇기에 나는 조금 더 편한 마음으로 말할 수 있었다.

"너희들도 알다시피, 나는 에이보다 더한 문제아였어. 저 정도는 애교 수준이었으니까."

하지만 그런 나도 일단은 사람이 될 수 있었다.

백 일 동안 쑥과 마늘만 먹은 건 아니었지만.

"그래서 아무리 미운 녀석이라도 그냥 내버려 두고 싶지 않은 것도 사실이야. 왜냐면, 그 녀석보다 더한 나를 받아 주고 사람으로 만들어 주신 분이 계시니까."

그게 내 근간(根幹)이라고 생각한다.

안면수심…… 아니, 인면수심인가?

어쨌든, 사람이라면.

아이들에게 부끄럽지 않은 어른이 되기 위해서라면.

스스로에게 떳떳해야 하지 않을까?

"그러니까 나도 내 양심상 부끄럽지 않을 정도는 해야 하지 않나 싶어. 그게 사람으로서 최소한의 도리라고 생각하니까."

나는 깊은 한숨을 내쉬는 것으로 내 할 말을 끝마쳤다.

아이는 어른을 닮는다고 하던가.

랑이와 치이는 누가 먼저라고 할 것 없이 깊은 한숨을 쉬고서 고개를 들어 나를 바라보았다.

하지만 랑이와 치이의 입가에는 나래와 성의 누나를 닮은 미소가 그려져 있었다.

"내 낭군님이 마음씨 착한 것을 우리가 어찌하겠느냐."

"아우우우, 완전 그런 거예요. 맨날 심술궂은 장난만 치면서 잘 보면 어린애한테는 완전 천사인 거예요."

"그러면서 부끄럼도 많아 이것저것 핑계를 엄청 잘 대느니라. 지금처럼 말이니라."

"두 손 두 발 다 든 거예요. 그냥 두고 볼 수 없다고 한마디만 하면 되는 건데 말이에요."

다시 말하면, 적어도 랑이와 치이는 내 생각을 받아들여 줬다는 거지.

그렇기에 한결 마음이 놓인 나는 **농담**에 농담으로 답했다.

"심술궂은 장난이 아니라, 그게 다 너희들에 대한 사랑에서 비롯된……."

치이가 내 말을 싹둑 자르며 말했다.

"남들이 보기에는 완벽한 성추행이었던 거예요."

아니, 야! 치이야! 네가 그렇게 말하면 내가 어떻게 되냐!

하지만 부정할 수 없다는 게 슬프다!

"오빠가 여동생 팬티 좀 보려 할 수 있지!"

그렇기에 나는 당당하게 말했다!

"……."

싸늘해진 치이의 눈빛이 너무도 아프다.

등골이 서늘해진 나는 봄날의 따뜻함을 찾기 위해 고개를 돌려 랑이를 보았다.

"성훈아."

"응."

휴대용 난로보다 따듯한 랑이가 머리카락으로 물음표를 만들고서 순진무구한 표정으로 고개를 갸웃거리며 말했다.

"팬티가 보고 싶으면 내 걸 보면 되지 않느냐? 네가 바라면 언제든지 보여 줄 수 있는데 말이니라."

아니, 그건 좀 다릅니다만.

애초에 치이의 팬티에는 관심이 없다! 어른이 된 상태라면 모를까! 난 치이가 부끄러워하는 모습이 보고 싶어서 장난을 쳤던 거야!

······물론, 치이의 암묵적인 동의가 있었기 때문에 한 일입니다. 적어도 저를 반쯤 죽이거나, 나래에게 알리거나, 내게 정색하고 다시는 그런 짓을 하지 말라고 한 적은 없잖아요?

하지만 이런 이야기를 새하얀 눈밭 같은 랑이와 무시무시한 눈으로 나를 올려다보고 있는 치이 앞에서 할 수는 없는 노릇.

"아, 그건 그렇고."

그래서 나는 억지로 말을 돌리며 슬쩍 엉덩이를 들었다.

"슬슬 일어나자. 이왕 이렇게 된 거, 다른 애들한테도 이야기를······."

"그건 랑이하고 저한테 맡기시고, 오라버니께서는 이만 쉬시는 거예요."

"응?"

그러면 내 입장에서야 편하고 좋긴 한데.

"아니, 그래도 내가 가는 게……."

"치이 말이 맞느니라."

하지만 랑이마저 내 말을 잘랐기에, 나는 엉덩이를 다시 방바닥에 붙였다.

"지금은 괜찮아 보여도 요 며칠 동안 평소보다 신경 쓸 일이 많지 않았느냐? 그러니까 오늘은 이만 푹 쉬는 것이 좋아 보이니라."

"아우우우, 그런 거예요. 지금은 괜찮아 보여도 방심하면 훅 가는 거예요."

그 정도는 아니라고 말했다가는 랑이가 세희를 불러 내게 수면제를 먹일 것 같군.

……지금은 둘의, 아니, 가족들의 호의를 받아들이기로 할까.

피곤한 것도 사실이니까.

"그래, 알았어. 고마워."

내가 고개를 끄덕이자 랑이와 치이는 내가 생각이 바뀌는 걸 걱정이라도 하듯, 재빠르게 자리에서 일어나며 말했다.

"그럼 이만 가 보겠느니라. 성훈아, 사랑하느니라."

"페이처럼 누워서 휴대폰 만지작거리지 말고 바로 푹 주무시는 거예요."

나는 마음이 충만해지는 사랑 고백과 상당히 디테일한 충고를 남긴 두 녀석에게 손을 흔들며 배웅했다.

그리고 나는 자기 전에 잠깐 휴대폰으로 인터넷이나 할 생각에 이불을 깔고 누웠다가 기절하듯 잠들고 말았다.

* * *

아침.

아니, 새벽이라 해도 좋을 것 같은 시간에 눈이 번쩍 떠졌다.

어제 오후에 기절하고, 일어나서 밥을 먹고 얼마 지나지 않아 잠들어서 그런 걸까.

정신이 또렷하기 그지없다.

그렇다고 이 시간에 할 일이 있는 것도 아니라, 나는 몸을 왼쪽으로 틀고서 이불의 온기를 만끽하며 휴대폰을⋯⋯.

아무리 전원을 눌러도 시꺼먼 화면만이 나를 반겨 준다.

아. 곯아떨어지기 전에 휴대폰을 끄지 않았구나. 그렇다고 휴대폰을 충전하면서 쓰자니, 충전 케이블이 너무 짧다.

어쩔 수 없군. 나는 결국 다시 눈을 감았다.

그런다고 잠이 올 리가 없죠.

눈이 초롱초롱합니다.

일할 때나 공부할 때 이러면 얼마나 좋아.

나는 그런 생각을 하며 이불 밖으로 나왔⋯⋯ 다가 다시 들어갔다. 방 안이 추운 건 아니지만, 그렇다고 이불 속보다 따

97
첫 번째 이야기

듯하겠습니까?

하지만 3분 뒤.

이불 속에 누워만 있는 것에 질린 나는 결국 이불을 망토처럼 두르고 불을 켠 뒤, 책상 앞에 앉아 공책을 펴게 되었다.

이 시간에는 할 것도 없으니 이것저것 생각을 정리하고, 앞으로 무슨 일을 해야 할지 계획이나 짜자.

자, 그러면 먼저.

인요 학원.

인요 학원에 관한 일은 전적으로 세희에게 맡겨 두고 있다. 어떤 학생을 받을 것인지, 누구를 교사로 삼을 것인지, 그건 때가 되면 세희가 알려 주겠지.

지금은 내가 신경 쓸 수 있는 상황도 아니고.

나는 인요 학원 옆에 중요도 낮음, 세희 만세라고 적은 뒤 그 아래에 글을 썼다.

전요협.

인터넷을 봐선 아직까지는 별다른 반응이 없었다. 만약에 내가 알아야 하는 일이 있었다면 세희나 나래.

혹은…….

정말 조금도 기대하고 있지 않지만 아버지한테서 뭔가 이야기가 있었겠지.

나는 전요협 옆에 중요도 중간이라고 쓰고 다음 줄로 넘어갔다.

천부인.

……이건 넘어가자. 내가 고민한다고 될 일도 아니니까.

나는 천부인 옆에 [하루에 한 번 기원하는 걸 잊지 말자.]라고 썼다.

언령.

밤하늘은 내게 언령을 어떤 식으로 접근해야 하는지를 가르쳐 줬다. 물고기를 잡아 주는 게 아니라 낚는 법을 가르쳐 줬다고 해야지.

나는 중요도 높음이라고 쓴 뒤, 나중에 에이에게 실험해 볼 몇 가지를 아래에 적고 다음으로 넘어갔다.

소희.

단 하루 만에 이쪽 세계에 완벽하게 적응한 모습은 그야말로 놀라울 정도다. 내가 저쪽 세계에 넘어가서 며칠 동안 어리바리 굴었던 걸 생각하면 더욱더.

역시 세희는 세희라는 건가.

하지만 소희는 아직 어리고, 세희처럼 많은 경험을 쌓은 것도 아니다. 고향을 그리워할 수도 있고, 적응하기 힘든 부분도 있을 수 있으니 지금보다 더욱 신경을 써 주자.

그리고 에레나.

인요 학원을 짓고, 소희의 방을 정하고, 외국인인 에이를 보니 그 당찬 공주님이 떠오를 수밖에 없었다.

이제는 요술의 존재가 세상에 드러났다 한들, 성을 가장한 자기들만의 요새를 짓는 일이 그리 쉬운 일은 아니겠지.

잘 지내고 있는지 모르겠다.

……슬슬 내 쪽에서 먼저 안부 전화라도 한번 해야 하는 게 아닐까 싶은 생각이 드는군.

하지만 난 에레나의 전화번호를 모른다!

애초에 에레나는 외국에 산다!

그 전에 공주님이라고!

내가 어떻게 외국의 공주님 전화번호를 알아내서 국제 전화를 걸겠어?

그렇게 생각하며 나는 에레나라고 쓴 글자 옆에 [현재로서는 답이 없음.]이라고 쓰려다가…….

책상 위에 분명 조금 전까지만 해도 없었던, 이제는 옛 시대를 다룬 영화나 박물관에서나 찾아볼 수 있는 전화기를 볼 수 있었다.

왜, 있잖아. 검은색 수화기의 끝부분에 스프링처럼 생긴 선이 전화기에 달려 있는 거. 가운데에는 구멍이 뚫린 톱니바퀴처럼 생긴 다이얼에 숫자가 적혀 있고, 거기 손가락을 넣어서 빙글 돌렸다가 빼면 차르륵 소리가 나며 제자리로 돌아오는 그런 구식 전화기.

갑자기 생겨난 이 전화기가 누구의 짓이고 무슨 의미를 가지고 있는지는 생각해 볼 것도 없지.

그래서 나는 과감하게!

······전화 한번 하는데 뭘 과감하게 할 것까지야 있겠냐만은.

묵직한 수화기를 잡아 귀에다 댔다.

[∞ƏκⅢⵕYⱧⅢⱵʃ əäÄ.]

통화 대기음도 없이 바로 들려온 외국어.

하지만 예상하지 못한 상황과 외국어 울렁증이 겹쳤는데도 내가 당황하지 않을 수 있었던 건, 온갖 돌발 상황에 익숙해져 있었던 것도 있지만······.

수화기 너머로 들려오는 목소리를 선명하게 기억하고 있기 때문이다.

"어, 잘 지냈어?"

[······.]

수화기 너머에서는 깜짝 놀라 숨을 들이마시는 소리가 들려왔다.

조금 마음을 진정시킬 시간이 필요한 것 같아서 잠시 아무 말도 안 했지만······.

수화기는 에레나의 숨소리만 전할 뿐이었다.

그래서 나는 말했다.

"그냥 갑자기 생각나서 전화했어."

뭔가 헤어진 연인에게 새벽에 전화를 건 사람이 할 법한 말을. 덕분에 상당히 민망해져서 아무 말이라도 꺼내려 할 때.

[정말…….]

수화기 너머에서 에레나의 목소리가 들려왔다.

[정말 넌 오랫동안 내 생각이 하나도 안 났나 본 것이다.]

……불만이 가득 담긴 목소리가.

어, 음, 솔직히 할 말이 없네.

"미안해. 사실 내가 먼저 연락하는 걸 좋아하지 않……."

[그걸 지금 변명이라고 하는 것인가?]

너무나 타당한 말씀에 나는 아무런 의미도 없다는 걸 알면서도 머리를 숙이며 에레나에게 사과했다.

"미안."

잠시 침묵이 흐른 뒤. 에레나가 깊은 한숨을 쉬는 소리가 들렸다.

[……알고 있는 것이다. 네가 그 누구보다 바쁘게 지내고 있다는 것은.]

에레나의 기분이 조금 나아진 것 같이 들렸기에, 나는 슬쩍 농담을 건넸다.

"아무리 그래도 자기가 살 왕궁을 직접 짓는 공주님보다 더 바빴겠어?"

[아무리 그래도 자신의 백성들에게 선전 포고를 하는 왕보다는 나을 것이다.]

에레나가 한 방 먹인 것처럼 들리지만, 내가 누구냐.

"괜찮아."

나를 걱정하고 있다는 것 정도는 쉽게 눈치챌 수 있다.

"이 정도는 아무것도……."

[무슨 말을 하는 것인가? 지금 내가 요괴의 왕을 걱정하고 있는 것처럼 보이는 것인가?]

이상하네요. 분명 조금 전만 해도 나에 대한 염려가 목소리에 가득 녹아 있었는데, 지금은 강철도 자를 수 있을 것처럼 날카로워졌습니다.

그래서 나는 에레나에게 사과했다.

"내가 착각했나 보네. 미안."

수화기 너머에서 다시 한번 깊은 한숨 소리가 들려왔다.

[……너는 드라마 속 남주를 조금이라도 보고, 내가 한 말이 너에 대한 단순한 투정이라는 것을 배워야 하는 것이다.]

에레나의 힐난 아닌 힐난에 나는 넉살을 부리며 대답했다.

"그건 힘들 것 같은데. 드라마는 별로 안 좋아하니까."

보면 할 수 있냐는 둘째치고 말이죠!

[남자도 재밌게 볼 수 있는 것도 많은 것이다.]

"그래? 그러면 나중에 몇 개 추천해 줘. 시간 나면 볼게."

[그런 말을 한 사람은 무슨 일이 있어도 시간을 못 내는 것이다.]

잘 알고 있군.

[그러니 내가 억지로 보여 주는 것이다.]

하지만 에레나는 어떻게든 내게 보여 주고 싶은 드라마가 있나 보다.

[……네 옆에서.]

아니면, 단순한 핑계거나.

나는 살짝 떨리는 목소리로 자신의 감정을 드러낸 에레나에게 말했다.

"그러면 세 편까지는 연속으로 볼 수 있겠네."

[한 편당 70분인데, 정말 괜찮은 것인가?]

"……아니, 무슨 드라마가 그렇게 길어?"

내가 아는 드라마는 길어 봐야 40분이었는데 말이야.

그렇게 잠시 나와 에레나는 정말 아무래도 상관없는, 평범한 친구끼리 할 법한 잡담을 나누었다.

제대로 된 친구가 없는 나는 잘 모르겠지만! 아마도 이런 게 친구와의 평범한 대화가 아닐까?

엄밀히 따지면 에레나는 내 약혼자지만!

……왜 갑자기 이런 소리를 하냐면.

[그보다…… 괜찮은 것인가?]

에레나가 슬쩍 운을 띄웠기 때문이다.

"뭐가?"

[……설마 내가 무슨 말을 하는지 모르는 것인가?]

그야 당연히 알지.

에이가 요괴넷을 통해 방송까지 했는데, 에인…… 에인혜…….

어쨌든 한 단체의 수장인 에레나가 그 일을 모를 리가 없잖아? 오히려 지금까지 에이와 어떻게 됐냐고 묻지 않은 게 신기할 정도지.

하지만 나는 가뜩이나 할 일이 많은 에레나가 걱정, 혹은 신경 쓰지 않았으면 싶거든.

"아, 그거? 난 또 중요한 일인 것처럼 말해서 순간 뭔가 했네."

그래서 나는 있는 힘껏 허세를 부렸다.

"그 녀석은 어제 바로 때려눕힌 다음에 감옥에 넣었거든. 이런 걸 영어로……, 아, 그래. So Easy~ 하더라고."

되도 안 되는 영어까지 섞어 쓰면서 말이야.

[정말인 것인가?]

그다지 믿음을 주지는 못했지만 말이죠.

"이런 걸로 거짓말 같은 건 안 해."

[그렇다면 다행인 것이다.]

조금은 단호한 내 목소리에 수화기 너머의 에레나가 안도의 한숨으로 답한 뒤 말했다.

[그래도 조심하는 것이다. 이쪽에서 알아보길, 에이라는 요괴가 어떤 대요괴와 긴밀한 관계인 것 같다는 정보가 들어왔다. 안타깝게도 그 대요괴가 누구인지는 알 수 없었지만.]

……대요괴? 에이의 뒤에 대요괴가 있다는 말이야?

그렇다면 에이도 치이가 그랬듯이 어떤 대요괴의 명령, 혹은 제안을 받고 나를 도발한 건가?

나는 그럴 가능성에 대해 잠깐 생각해 봤지만, 이내 머리를 가로저었다.

그럴 리가 없지.

그 녀석의 뒤를 봐주는 대요괴가 있었다면 그 성격상 가만히 있었겠어? 당장 어젯밤에 대요괴를 언급하면서 나를 안 풀어 주면 큰일 날 거라고 협박했겠지.

"그래? 그러면 이쪽에서도 한번 알아봐야겠네."

하지만 나는 그 가능성을 염두에 두고 에레나에게 대답했다.

마음에 걸리는 점도 있었으니까 말이지.

뭐, 그 녀석의 지능 수준과 성격을 생각해 보면 내가 살짝 찔러 봐도 뭔가 술술 튀어나오지 않을까?

나는 그렇게 생각하며 에레나에게 말했다.

"고마워, 에레나."

응.

에레나는 분명 그렇게 말하려 했고, 도중에 끊기기는 했지만 '으'까지는 확실하게 들었다.

[……나는 네게 고맙다는 말보다 더 듣고 싶은 말이 있는 것이다.]

하지만 한번 말을 끊은 에레나는 그렇게 조금 뜬금없어 보이는 이야기를 꺼냈다.

"그게 뭔데?"

그래서 저는 눈치 못 챘다는 듯 말했습니다!

이 상황에서는 그래도 될 것 같으니까!

[……]

"……."

긴 침묵이 오고.

나는 수화기 너머의 에레나가 지금 무슨 표정을 짓고 있을지 알 것 같았다.

"농담이야."

그래서 나는 드라마 속의 주인공처럼 되진 못한다 하더라도, 내 나름대로의 최선을 다해 보기로 했다.

"네가 듣고 싶은 말을 알 것 같긴 한데, 내가 해도 될까 몰라서."

내 말에 담긴 뜻을 바로 눈치챈 에레나가 말했다.

[내 마음은 변하지 않았다.]

……조금은 변했으면 좋겠다는 생각도 없지 않아 있었는데 말이야.

[하지만 네가 신경 쓰인다면 내가 먼저 말하는 것이다.]

그런 내 생각을 지워 버리겠다는 듯, 에레나가 말했다.

[보고 싶어요.]

그리고 그건 확실히 효과가 있었다.

"……나도 그래."

내가 에레나를 어떻게 생각하든, 그 마음에 대한 대답을 내놓지 못했다 한들.

이 마음만은 진심이라는 것을 확신하게 해 줬으니까.

"네 방, 치우지 않았으니까. 왕성 다 지으면 언제든지 놀러

와도 돼."

수화기 너머로 에레나가 쿡쿡거리며 웃는 소리가 들린 직후.

[그건 친구로서인가, 아니면 애인으로서인가? 그것도 아니면 요괴의 왕의 약혼녀로서인가?]

"어, 어?"

방심하고 있던 나는 당황해서 뭐라고 제대로 된 대답을 하지 못했다.

[나도 농담인 것이다.]

다시 한번 소리 죽여 웃은 에레나는 잠시 후 말을 이었다.

[일을 마치면 공식적으로 가는 것이다. 기대하고 있어라.]

에레나와의 통화는 그렇게 끝이 났다.

상당히 불길한 기분이 드는데.

알다시피 에레나는 첫 만남부터가 특이했다. 특수 부대원들과 함께 헬기를 타고 나타났으니. 그 다음에는 남의 흑역사를 끄집어내면서 대문을 박차고 들어왔다가, 말 그대로 목에 칼이 들어왔고.

하지만 나는 내일 일은 내일 생각하고, 오늘 일도 내일 생각하는 사람답게 살기로 했다.

뭐, 별일 있겠어? 공식적으로 온다고 했으니까, 곤란한 상황이라고 해 봤자 에레나와 함께 기자들 앞에서 사진 좀 찍고 TV에 좀 나오는 정도로 끝나겠지.

광화문 한복판에서 선전 포고를 날린 사람에게 그 정도는

아무것도 아니다.

나는 그렇게 가볍게 생각하며 피식 웃고는 전화기를 내려놓으며 입을 열었다.

"고맙다."

여기에는 없지만, 내 말을 듣고 있을 녀석을 향해.

다만 문제가 있었는데…….

"……음."

에레나와의 대화로 머릿속이 텅 비어 버렸다는 거다.

분명 내 손은 공책에 에이라고 썼는데, 그 뒤에 따라오는 게 없다.

그냥 열심히 해 봅시다, 정도가 끝이야.

아무래도 인간 강성훈의 집중력은 여기까지가 끝이었나 봅니다.

그렇다면, 직접 보러 가 볼까?

아직 이른 새벽이라서 자고 있을 테지만, 그 밑상을 보면 뭐라도 떠오르는 게 있겠지.

그렇게 나는 패딩을 입고 마루로 나왔다.

"으어…….'

한겨울의 새벽 한기와 맞닥뜨리자 잃어버린 체온을 보충하겠다는 듯 몸이 부르르 떨렸다.

음.

돌아갈까. 그냥 방에 돌아가서 잠이나 자는 편이 나을 것 같다.

그렇게 생각하면서도 나는 신발장에서 신발을 꺼내 신고 마당으로 나왔다.

마당의 자기 집에서 잠들어 있던 바둑이가 인기척을 느끼고 귀를 쫑긋거리며 한쪽 눈을 떴지만 그것도 잠시.

마당에 나온 사람이 나라는 걸 확인하자마자 가볍게 손을 한번 흔들고서는 다시 눈을 감았다. 나 역시 가볍게 손을 흔들어 준 뒤, 부엌의 뒤쪽으로 가려다가…….

어제와 마찬가지로 불이 켜져 있는 소희의 방을 보고 발걸음을 돌렸다.

이 녀석, 또 밤을 샌 거냐. 그러다가 나중에 땅을 치며 후회할 일이 생길지도 모르는데.

어제처럼 책상에 엎어져 잠들어 있으면 옷이라도 덮어 줄 생각으로 나는 조심조심 문을 열었다.

"……."

"……."

살짝 열린 문틈 사이로 소희와 눈이 마주쳤다.

편해 보이는 반바지와 티셔츠를 입고 있는 소희의 눈동자는 살짝 충혈되어 있었고, 나를 향해 있는 동공은 크게 열렸지만 이내 원래대로 돌아갔다.

그 짧은 사이에 일이 어떻게 된 건지 깨달은 거겠지.

그와 달리 나는, 크리스마스에 아이를 위한 선물을 몰래 주고 방에서 나가려다가 딱 걸려 버린 부모님처럼 그대로 굳어 버리고 말았지만.

"들어오세요, 성훈 씨. 날이 추워요."

"어."

하지만 방주인이 의자에서 일어나 안으로 초대를 해 주는 덕분에 몸이 풀렸다.

"그럼 잠깐 실례할게."

하루 만에 다시 방문하게 된 소희의 방은 어제와 그다지 달라지지…….

아니, 달라졌네!

그것도 엄청!

분명 어제까지만 해도 책만 쌓여 있던 책상에 모니터 세 개와 키보드, 그리고 마우스가 자리 잡고 있었으니까. 세 개의 모니터에는 문서 파일 수십 개가 열려 있었는데, 죄다 외국어라 도대체 무슨 내용인지 알 도리가 없었다.

하지만 나는 그 내용보다는 소희가 벌써 컴퓨터를 다룰 수 있다는 점에 깜짝 놀라고 말았다.

모니터에 못 박혀 있는 내 시선을 보고 눈치챈 듯, 소희가 말했다.

"일일이 책을 찾아보는 것보다 컴퓨터를 쓰는 게 효율적이라고 세희 님이 추천해 주셨어요."

"그, 그래?"

인터넷에서 검색해 보는 게 백과사전을 뒤적이는 것보다 쉽고 편한 건 사실이다.

하지만 소희가 있던 세상과 이 세상의 과학 문명 수준은 수

백 년 정도 차이가 나지.

그래서 나는 모니터를 가리키며 소희에게 말했다.

"……컴퓨터 다루는 거, 안 어려워?"

내 질문에 소희는 옅은 미소를 지으며 말했다.

"생각보다 어렵지 않았어요. 이런 기계가 있으면 좋겠다는 생각은 예전부터 해 왔으니까요."

그 말에는 아무리 상대가 소희라도 놀랄 수밖에 없었다.

"예전부터?"

그런 게 가능하냐는 내 뜻을 읽은 소희가 손을 내저으며 말했다.

"그렇게 힘든 일은 아니니까요. 하늘을 나는 마차가 있었으면 좋겠다. 물속에서 움직이는 배가 있으면 좋겠다. 그 정도는 어린아이라도 생각할 수 있잖아요?"

소희는 대수롭지 않게 말했지만 내 생각은 조금 다르다.

"그거야 어디까지나 땅 위를 달리는 마차나, 물 위에 떠 있는 배가 있으니까 할 수 있는 생각이지."

"이 컴퓨터라는 기계도 그 기반은 베틀과 다를 게 없죠. 실을 주어진 순서대로 조작하면 그에 따른 결과물이 나오는 거니까요. 다만 그 실이 눈에 보이느냐, 보이지 않느냐의 차이일 뿐이에요."

그 유연하고 발상에 한계를 두지 않은 사고방식에 내가 속으로 혀를 내두르고 있을 때, 소희가 말했다.

"무엇보다 어렸을 때의 일이지만, 세상에 퍼져 있는 혼돈

의……. 아, 실례했어요. 미미하게나마 존재하는 요력을 조작
해서 정보를 저장하고 필요할 때 찾아서 쓸 수 있을까 연구했
던 적도 있고요."

그렇게 말한 소희는 살짝 얼굴을 붉히며 말을 이었다.

"제 재주가 부족해서 결국 실패했지만요."

"그, 그래."

나는 이쪽 방면으로는 소희를 이해하는 걸 포기하기로 했
다. 옛말에도 있잖아.

뱁새가 황새를 따라가면 다리가 찢어진다는 속담.

그래서 나는 다른 쪽으로 화제를 돌렸다.

"그런데 지금까지 안 자고 있던 거야?"

분명 조금 전까지만 해도 화색이 만연한 채 이야기를 하던
소희는 슬쩍 모니터로 시선을 돌리며 조심스럽게 입을 열었다.

"흔히 인터넷을 정보의 바다라고 하지만, 제 생각에는 정보
의 늪이라고 하는 게 맞는 것 같아요. 한번 빠지면 혼자 힘으
로는 나올 수 없으니까요."

……인터넷 위키에서 호랑이를 찾아보다가 살수 대첩 항목
까지 들어갔던 나로서는 고개를 끄덕일 수밖에 없었다.

하지만 그렇다고 이대로 넘어갔다가는 아사달을 볼 낯이 없
겠지.

"그러면 지금이 벗어나기 딱 좋을 때네."

"예?"

나는 아무 말 없이 오른팔을 소희의 무릎 뒤쪽, 그러니까

오금 아래에 넣고 왼손으로 등을 감싸 안은 뒤 의자에서 번쩍 들어 올렸다.

이런 걸 보통 공주님 안기라고 하죠.

세희에게 몇 번 당해 봐서 압니다.

"꺗?"

소희는 갑작스런 공주님 안기에 대한 당혹감보다 지식욕이 더 큰 건지 모니터를 향해 고개를 돌리며 말했다.

"자, 잠깐만요, 성훈 씨! 전에도 말씀드렸다시피, 전 며칠 동안 잠을 안 자도……."

"그렇다고 안 자도 되는 건 아니잖아?"

아픈 곳을 찔렸는지 몸을 움찔 떤 소희가 말했다.

"그, 그러면 지금 보던 것만 마저 보고 잘게요!"

"그래, 그래. 나도 그러려고 했던 적 많았는데, 잠깐 눈 좀 깜빡였더니 책상에 엎드려서 아침 해를 보게 되더라고. 그래서 깨달았지. 이럴 때는 그냥 자고 나서 보는 게 좋다는 걸."

"저는 아니에요! 이대로는 궁금해서 잠도 안 온다고요!"

"응, 아니야~ 누워서 눈 감으면 바로 와~"

토끼 부럽지 않게 눈이 붉어진 녀석이 뭐라는 건지 모르겠다.

"저, 전 아니라니까요?"

그 사실을 자기도 알고 있는지 소희의 목소리에는 힘이 없었다. 그래서 나는 어렵지 않게 소희를 침대 위에 살포시 눕힐 수 있었다.

그제야 자신이 무슨 일을 겪고 있는지 깨달은 소희는 눈처럼 붉어진 뺨을 두 손으로 가렸다.

나는 그런 소희에게 이불을 덮어 주며 말했다.

"자, 그럼 일단 한번 눈부터 감아 보고 이야기하자."

"읏⋯⋯."

하지만 소희는 공부에 대한 아쉬움이 많이 남았는지, 혹은 지금 눈을 감으면 몇 시간 후에나 눈을 뜰 거라는 사실을 알고 있는지 쉽사리 포기하지 못했다.

이럴 때는 방법이 있지.

"자장가 불러 줄까?"

"제가 어린애인 줄 아세요?"

그렇게 목소리 높여 외쳤던 소희는 내가 아무 대답 없이 내려다보고만 있자 슬쩍 시선을 돌리며 말을 이었다.

"⋯⋯성훈 씨에게는 지금 제 모습이 조금 더 놀고 싶어 하는 어린애의 투정처럼 보일지도 모르지만요."

잘 알고 있구나.

나는 반쯤 백기를 든 소희의 머리를 쓰다듬으면서 말했다.

"그럼 이렇게 하자. 눈 감고 3분 안에 잠이 안 오면, 다시 공부를 해도 말리지 않을게."

살며시 내민 제안에 소희가 한풀 꺾인 시선으로 나를 올려다보며 말했다.

"정말이죠?"

"응."

"약속, 지키셔야 해요?"

"그래, 그래."

그제야 소희는 굳은 각오가 담긴 표정으로 조심스럽게 두 눈을 감았다. 이불에 가려서 그렇지, 아마 두 주먹도 불끈 쥐고 있지 않을까?

하지만 그것도 잠시.

"코오……."

눈은 감은 지 1분도 되지 않았지만, 소희는 평안한 표정으로 고른 숨소리를 내며 잠들었다.

그래, 아무리 밤을 새우는 데 익숙하다 해도, 이틀간 제대로 잠을 못 잤는데 3분을 버티겠냐.

안 그래도 잠이 부족한 나이에.

"잘 자."

나는 소희의 머리카락이 얼굴을 간지럽히지 않게 옆으로 치워 준 뒤, 방을 나섰다.

다른 의미로 잘 자고 있을지 궁금한 녀석의 얼굴을 보기 위해서.

* * *

랑이의 안마당인 우리 집에서 이럴 필요까지 있을까 생각이 들긴 하지만.

세희의 인형은 지하 감옥의 입구를 철통같이 지키고 있었다. 비록 그 자세가 불량하기 그지없긴 해도.

세상의 어떤 인형이 담배 모양의 소품을 입에 물고 쭈그려 앉을 수 있을까.

아니, 그 정도면 그러려니 하겠는데.

내가 가까이 다가가자, 그 자세 그대로 눈을 치켜뜨고서는 [아니, 댁처럼 높으신 분께서 이 시간에 왜 여기까지 행차하셨수? 가뜩이나 댁이 별 같잖은 일을 벌여서 이 추운 날에 경계 서느라 빡치는데, 여기서 할 일을 더 늘리려고? 진짜 더러워서 못 살겠네.]라고 적힌 팻말을 드는 건 너무하잖아?

"……어, 미안. 나 때문에 고생한다."

하지만 나는 그렇게 말할 수밖에 없었다.

무서운 걸!

거기다 생각해 봐! 저건 세희의 인형이다! 다른 말로 하면 귀신 들린 인형이라고!

밤에 잠들었다가 뭔가 이상한 기분에 눈을 떠 보니 인형이 식칼을 들고 머리맡에서 내려다보고 있어도 이상할 게 없다는 뜻이죠.

내가 이런 멍청하고 한심한 생각을 하는 동안.

세희의 인형은 나를 물끄러미 올려보다가, 팻말을 어디론가 치워 버리고서는 짤막한 다리를 폈다. 그러고선 한쪽 팔을 번쩍 들어 시계 방향으로 크게 원을 그리자!

끼기긱.

철문의 잠금 장치가 자연스럽게 열렸다.

까닥.

세희의 인형이 목짓으로 들어가라고 신호를 했고, 나는 고개 숙여 인사를 하며 감옥 안으로 들어갔다.

계단을 내려가자 입고 있는 패딩을 벗고 싶어질 정도로 따듯한 공기가 맞이해 줬다. 아무리 미운털이 박힌 녀석이라 해도 최소한의 인권…… 이라 해야 할지, 요권이라 해야 할지.

아니면 둘 다라고 해야 할지.

어쨌든 권리는 보장해 주려는 세희의 따듯한 마음이 느껴지는군.

"으…… 으으……"

물론, 거짓말이다.

그러기에는 감옥 안은 너무나 덥고, 밝았으니까.

어느 정도였냐면, 한여름의 태양이 작열하는 바닷가에 맨몸으로 서 있는 게 아닐까 착각하게 될 정도였다.

그건 천장 가까이에 둥둥 떠 있는 노란색의 구체형 불덩이 덕분이었다.

도대체 저게 뭔가 싶어서 최대한 눈을 가늘게 뜨는 것으로 모자라 손으로 조금이라도 빛을 가리고서 봤는데…….

어째 인터넷 위키에서 본 태양의 실제 모습과 상당히 비슷하게 생겼네요.

……그 녀석은 우리 집 지하에 태양열 발전소라도 지을 생각인가?

어쨌든 에이는 세희가 만든 소형 태양이 쩅쩅 내리쬐는 가운데에서도 입고 있는 옷을 벗어 뒤집어쓴 채 몸을 웅크리고서 어떻게든 잠들어 있었다.

내가 보기에는 잠든 게 아니라 노릇노릇하게 구워지고 있는 것처럼 보이긴 하지만.

"더…… 으워……."

아니, 실제로 구워졌다!

에이가 잠결에 몸을 뒤척이면서 덮고 있던 옷이 아래로 흘러내렸는데, 그 사이로 드러난 피부가 갈색이었으니까!

아무리 에이를 인간과 짐승 사이의 그 무언가로 생각하는 나라도 그 모습을 보고는 마음이 편할 수 없었다.

일단은 여자애니까 말이죠. 차라리 온몸이 골고루 탔으면 모를까, 저렇게 피부 일부분만 탄 자기 모습을 보면 얼마나 상심하겠어?

자기 업보지만.

어쨌든.

잠든 사이에 피부 일부분이 태닝이 된 에이를 보니까, 이곳에 찾아온 원래 목표를 달성할 수 있었다.

이 녀석을 갱생시킬 첫 번째 단추를 어떻게 채워야 할지 알 것 같았거든.

"야, 자냐?"

그래서 나는 허공에 대고 말했다.

이 녀석을 밖으로 데리고 나가기 위해서는 세희의 도움이 필요하니까.

"으…… 응?"

정작 내 목소리에 반응을 보인 건 에이였지만.

생각해 보면 안방에서 랑이와 있을 세희보다 바로 옆에 있는 에이가 내 목소리에 깰 확률이 더 높은데 말이죠.

하하하! 워낙 상식과 동떨어진 삶을 살고 있어서 생각을 못 했습니다!

"누구……."

내가 삶에 대한 짧은 고찰을 마쳤을 때, 에이가 퉁퉁 부은 눈을 비비며 몸을 일으켜 앉았다.

그리고 난 잠에서 덜 깬 에이의 얼굴을 보고서 안도의 한숨을 내쉰 뒤 말했다.

"나다."

에이가 다시 한번 눈을 비비고 주위를 몇 번 둘러보고서 나를 보더니.

"아."

소희와 다른 의미로 새빨개진 눈동자로 나를 보며 삿대질을 하며 외쳤다.

"아아아아아아아!"

아무래도 상관없는 이야기지만, 갑자기 옛날에 했던 게임이 생각났다.

일본 게임이었는데 일본어를 몰라서 주인공의 이름을 정할 때 첫 번째 글자만 누르고 넘어갔던 추억이.

전설의 호색한 아아아아는 그렇게 탄생했지.

"이 망할 거짓말쟁이!"

나는 눈을 한번 깜빡이는 것으로 과거에서 현재로 돌아와 에이를 마주 보았다.

그게 에이의 마음에 들지 않았는지, 이 녀석은 유리 벽에 바짝 달라붙어서 무시무시하게 눈을 부릅뜨며 외쳤다.

"진짜 갔겠다? 나 같은 어린애를 이런 곳에 혼자 놔두고 어제는 진짜 가 버렸어! 사람이 어떻게 그럴 수 있는데? 응? 그러다 천벌받을 거야!"

마음 같아서는 내 가족들에게 그런 짓을 한 새끼가 할 말이냐고 쏘아붙이고 싶지만, 나래가 말했잖아.

자기 일은 자기가 알아서 한다고.

그러니 그 일을 가지고 내가 화를 내면…….

어떤 잘못에 대해서 두 번 이상의 벌을 주지 않는다는 뜻을 가진 말을 줄여서 뭐라 하는지, 잘 기억이 안 나네.

"그것보다."

나는 안개 낀 머릿속을 헤엄치며 어려운 단어를 떠올리는 것보다는 현재에 집중하기로 했다.

"안 본 사이에 피부가 좀 많이 탔다?"

하룻밤 사이에 에이의 인상은 상당히 많이 달라져 있었다. 조금 전에도 말했지만, 나는 에이가 잠들어 있는 사이 피부가 드러난 부분만 살이 탔을 거라 생각했었다.

하지만 잠에서 깬 에이를 보니, 괜한 걱정을 했다는 걸 알 수 있었다.

내 생각과는 다르게 에이의 피부는 머리부터 발끝까지 예쁘게 타 있었으니까.

마치 태닝 기계에 들어갔다가 나온 것처럼.

"무슨 소리야? 내가 얼마나 피부 관리를 열심히 하는데? 뭐 잘못 먹었어?"

하지만 에이는 자신의 변화를 알아채지 못했는지 눈을 가늘게 뜨고서는 나를 힐난하는 데 정신이 없었다.

"아하~♥ 그러네. 어제 그렇게 돼지처럼 처묵처묵 하더니 결국 탈 났나 보구나? 그러게 좀 적당히 먹지 그랬어? 꺄하핫 ♥ 내가 좋은 병원 가르쳐…… 왜 그렇게 봐?"

물론 그것도 잠시.

자기가 무슨 소리를 하든 그저 안쓰러운 눈으로 바라보자 뭔가 이상하다는 걸 깨닫고 빼액 소리를 질렀다.

나는 아무 말도 하지 않고 그저 두 손을 들고서, 반 바퀴를 돌린 뒤, 한쪽 손으로 반대쪽 손등을 툭툭 쳤다.

네 손등부터 보라는 뜻이었고, 에이는 고개를 갸웃거리면서도 내 말대로 손을 들며 말했다.

"응? 손등이 뭐…… 뭐, 뭐야?"

화들짝 놀란 에이는 옷 밖으로 드러난 부분을 몇 번이나 확인했다. 그러고서도 현실을 받아들이지 못했는지 몸을 돌려 옷을 들추고서는 그 속까지 확인한 뒤.

"꺄아아아악!"

깊은 절망과 한탄이 담긴 절규를 터트렸다. 그 모습을 보며 내가 할 수 있는 건 그저 하룻밤 만에 피부색이 변해 버린 에

이를 따뜻한 눈으로…….

"너! 너너너너너! 도대체 나한테 무슨 짓을 한 거야!"

아, 할 수 있는 게 하나 더 생겼군.

나는 두 손을 들어 항복 자세를 취하며 말했다.

"난 아무것도 안 했다. 애초에 난 방금 왔다고. 거기다 감옥 안에 있는 너한테 내가 뭘 할 수 있겠어?"

"그러면 내가 왜 이런 꼴이 됐는데?"

맨바닥에 주저앉은 에이가 머리를 쥐어짜며 외쳤다.

"세상에! 갈색 태닝 흡혈귀라니, 지금까지 들어 본 적 없다고!"

너, 흡혈귀였냐?

나는 아무래도 상관없는 정보를 한 귀로 듣고 한 귀로 흘리려 했지만 그럴 수 없었다.

세희가 왜 인공 태양을 천장에 띄워 놨는지 알 것 같았거든.

……이런 게 음습한 괴롭힘의 정점이 아닐까.

"대답 안 해?"

지금은 눈물이 핑 돈 눈으로 발악하듯 소리를 지르는 에이에게 답해 주는 게 먼저겠지만.

그래서 나는 항복 자세를 취한 채로 손가락으로 공중을 가리켰다.

정확히 말하면, 지금도 활활 불타오르고 있는 소형 인공 태양을.

그제야 모든 정황을 파악한 에이의 눈에 불길이 튀었다.

"그, 그 망할 창귀! 왜 갑자기 춥지 않냐고 물어봤나 했더니! 내가, 내가 이런 꼴을 당하고도 가만히 있을 것 같아?! 가만 안 둘 거야! 가만 안 둘 거라고!"

야, 다른 곳은 몰라도 우리 집에서는 그런 말 하면 안 돼.

"가만히 있지 않으면."

무시무시한 귀신 아가씨가 찾아오니까.

"뭘 어찌하실 겁니까?"

네 그림자 속에서.

잠깐 옛날이야기를 하자면.

우리 집 아이들 역시 몇 번인가 세희에게 작은 반항을 시도했던 적이 있었다.

그중에서 가장 인상 깊었던 건, 역시 아야의 일이겠지.

세희에게 벌을 받고 목걸이가 채워진 채로도 독기를 가득 담아 험담을 해 준 덕분에, 나까지 연대 책임을 져야 했으니까. 그때의 그 짜릿함은 정말 안 좋은 의미로 끝내줬었다.

하지만 그런 아야도 세희의 벌을 두려워했다는 건 달라지지 않는다.

아무튼, 지금 세희의 짜증은 최고조에 달한 것 같았다. 딱 보기에도 지금 막 자다 일어난 덕분에 알몸 위에…….

저 녀석은 잘 때 아무것도 입지 않으니까 말이지.

알몸 위에다 고급스럽고 따뜻해 보이는 검은색 가운을 걸친 채 나타나 짜증과 경멸, 그리고 환멸과 분노를 숨기지 않고 드러내고 있는 세희는 나조차도 함부로 말을 걸고 싶지 않다.

세상의 그 누가 화약고 안에서 불장난을 하고 싶어 하겠어?

"야, 이 미친년아! 이거 어떻게 할 거야!"

있었다. 그런 머저리가. 그것도 바로 내 눈앞에.

에이는 자신의 그림자 속에서 나타난 세희가 무섭지도 않은지, 아니면 정신이 나갔는지 용감하게도 삿대질을 하며 사자후를 토했다.

"네가 가져온 저거 때문에 내 아기 같던 피부가 다 타 버렸잖아…… 요. 이거 어떻게 할…… 해 주실 수 없으실까요……."

마지막은 삐약삐약 병아리 소리가 됐지만.

그 이유를 나는 알 수 있었다. 세희가 등을 돌리고 있긴 한데, 내 눈에는 보이거든.

이 이상 버릇없게 굴면 네 목을 바람 앞의 민들레 씨앗처럼 날려 버리겠다는 경고를 하고 있는 세희의 표정이!

그 무시무시한 기세가!

내 눈에도 보이는 것이다!

덕분에 조금 전까지만 해도 변해 버린 피부색 덕분에 이성을 잃었던 에이는, 자신의 눈앞에 있는 귀신이 누구인지 깨닫고는 조심스럽게 손가락을 접고 두 손을 공손히 앞으로 모은 채 두 눈을 내리깔았다.

근성 없네.

우리 아야는 너보다 더한 상황에서도 독설을 내뱉었다고!

"당신이 추운 겨울날 굶주림에 지쳐 쓰러져 죽어 가던 늙은

개처럼 굴며 제게 자비를 애걸했을 때, 자신이 무슨 말을 했는지도 기억 못 하시는 겁니까?"

그리고 아야의 독설에 그보다 더한 독설로 맞받아쳤던 세희가 그대로 지옥문을 열었다.

"아니, 그건……."

"아니, 말씀하실 필요 없습니다. 제가 당신 대신 똑똑히 기억하고 있으니까 말이죠."

에이의 말을 싹둑 자른 세희는 목을 몇 번 매만지더니 확연히 달라진 목소리로 말했다.

"저기, 세희 언니♥ 나, 이대로는 추워서 못 잘 것 같은데, 응? 이불이나 담요 같은 거 없어? 어제 일은 내가 진짜 잘못했거든? 반성하고 있으니까, 제발~♥ 응? 인공 태양? 상관없어! 아니, 좋아! 얼어 죽는 것보단 나을 테니까!"

몇 번을 들어도 기가 막힌 성대모사다. 지금은 다른 의미로 기가 막히지만.

너, 인마! 세희한테 말할 때하고 나한테 말할 때하고 너무 느낌이 다르잖아!

하지만 제 버릇 남 주지 못한다고 하던가.

"아니, 그래도! 그래도 이건 아니잖아…… 요. 피부가…… 이렇게 될 줄은 몰랐다고요."

순간 욱해서 본모습을 드러냈던 에이는 이내 눈앞에 있는 사람이 요괴들 사이에서도 무시무시하기로 이름 높은 세희라는 것을 깨달았는지, 다시금 목소리를 낮췄다.

그 모습을 차갑게 내려다보고 있던 세희는, 이내 내 쪽으로 몸을 돌리고서 말했다.

"주인님."

"응?"

"제 과거를 알고 계시는 주인님께서는 제가 이런 족속의 것들을 싫어한다는 것을 얼추……"

최대한 멍청하게 보이기 위해서 고개를 옆으로 꺾고 입을 헤~ 벌린 채 눈을 게슴츠레 뜨고 있는 나에게 세희가 말했다.

"저는 이런 것들이 싫습니다, 멍청하신 주인님."

나는 피식 웃었다.

"뭘 그렇게 대단한 고백처럼 말하냐? 웬만한 사람은 다 싫어하면서."

"……주인님께서도 다시금 그 범주 안에 들어가고 싶으신 겁니까?"

"사실 나도 이런 애들이 싫다는 걸 말하고 싶었다."

나는 세희의 분노가 이쪽을 향하는 걸 재빨리 막았다.

"그렇다면 딱 한 번. 이번 딱 한 번만 주인님의 뜻을 물러 주시면 안 되겠습니까?"

바로 입장을 바꿔야 했지만.

"미안하지만 그건 안 돼."

저 건방진 꼬맹이가 해저에서 살고 있는 해초들과 친구 먹고 물고기들의 일용한 양식이 되는 건 보고 싶지 않으니까.

무엇보다.

나는 아직도 밝게 타오르고 있는 인공 태양을 가리키며 말을 이었다.

"이번에는 네 장난이 좀 심했고 말이다."

"장난이 아니라 벌입니다."

"벌이었으면 처음부터 벌이라고 말했어야지. 네가 어머니와 나래를 사람들 사이에서 웃음거리로 만들었으니까, 우리도 너를 흡혈귀 사이에서 웃음거리로 만들어 버릴 거라고."

"제 가족을 기만하고 모욕한 죄인에게 그런 배려를 베풀 필요가 있습니까?"

"이건 배려가 아니라 권리가 아닐까 싶은데. 아무리 큰 잘못을 저지른 녀석이라고 해도, 자기가 무슨 이유로 어떤 벌을 받는지 알 권리 정도는 있지 않겠어?"

나는 그 속을 알기 힘든 세희의 눈동자 속을 들여다보며 말을 이었다.

"그보다, 듣고 있자니 좀 이상하네."

세희에게 시비를 걸 듯, 최대한 건방지게 고개를 까닥거리면서 말이지.

"내가 분명 에이의 처우는 내가 정한다고 말했을 텐데? 혹시 내가 잘못 기억하고 있는 거냐?"

"아닙니다."

"그러면 왜 이제 와서 내 결정에 토를 달아?"

싸움을 거는 듯한 내 말투에 세희도 평소에 쓰고 다니는 무표정의 탈을 깨뜨리고서는 대답했다.

"그걸 지금 몰라서 물으시는 겁니까."

"너는 그걸 지금 몰라서 묻는 거고?"

"……."

"……."

오랜만에 세희에게 지지 않고 말을 맞받아친 대가는 기나긴 눈싸움이었다.

"……저기요?"

그리고 그 끝은 예상하지 못한 방식으로 끝나 버렸다.

"제 피부가 타 버린 건 어쩔 수 없다고 생각할 테니까, 둘이서 싸울 거면 여기가 아니라 다른 곳에서 해 주시면 안 될까요? 저, 중간에서 상당히 불편하거든요. 아, 맞다. 그리고 말인데요. 저거 때문에 자다가 땀을 많이 흘려서 좀 씻고 싶어요. 간단하게라도 씻게 욕조에 따뜻한 물이라도 담아서 안으로 넣어 주세요. 제가 땀을 많이 흘린 이유가 그쪽에 있으니까, 그 정도는 해 주실 수 있죠?"

"……."

"……."

나와 세희는 다른 이유로 할 말을 잃고 말았다.

말을 공손하게 한다고 해서 그 안에 담긴 뜻이 달라지는 건 아니었으니까.

"하아……."

결국 세희는 깊은 한숨을 쉬고서는 유리 벽을 그대로 통과

해 내 앞에 서서는 입을 열었다.

"그렇다면 주인님, 고집불통인 누구누구 씨께서 과거의 그림자에서 벗어나지 못하고 허우적대시는 바람에 한 명의 가련한 소녀가 팔자에도 없는 마음고생을 하게 되었다는 사실만은 잊지 말아 주셨으면 합니다."

그건 내 뜻을 존중해 주겠다는 말이었고, 덕분에 나도 한결 가벼워진 마음으로 대답할 수 있었다.

"어쩌겠냐? 나도 내가 좋아서 이런 성격이 된 건 아닌데."

"세상이 날 이렇게 만들었어, 입니까?"

"네가 날 이렇게 만들었다, 강세희! 이 쪽이다."

"그렇습니까?"

그 한마디에, 이상하게도 세희는 기분이 풀린 듯 한쪽 입꼬리를 쓰윽 올리며 눈앞에서 스르륵 사라져 버렸다.

……아니, 야! 네가 그렇게 가 버리면 안 되지! 너한테 부탁할 일이 있었다고!

그렇게 단둘이 남게 되었을 때.

"이제 보니까 오빠야♥도 대단한 사람이었구나?"

세희가 사라졌다고 기세등등해진 에이의 태도에 나는 관자놀이를 꾹 누르며 말했다.

"……그럼 지금까지 날 뭐라고 생각한 건데?"

"운이 좋아서 요괴의 왕이 된 사람?"

유리 벽에 감사해라.

그게 없었으면 지금쯤 네 머리에 큰 혹이 났을 테니까.

하지만 지금은 그보다 중요한 일이 있기에, 나는 속에서 꿈틀거리는 파괴 충동을 가라앉히며 말했다.

"아! 목욕물! 너 때문에 목욕물 안 주고 갔잖아! 이거 어떻게 할 거야! 너는 그런 거 못 하잖아! 아, 씻고 싶은데! 진짜 찝찝하단 말이야!"

나는! 속에서! 꿈틀거리는! 파괴 충동을! 최대한 가라앉히며 에이에게 말했다.

"그보다 너, 하룻밤 사이에 생각 좀 해 봤냐?"

일부러 구체적으로 묻지 않았다. 그래야 에이가 하룻밤 사이에 철 좀 들었는지 알 수 있을 것 같았으니까.

"어? 무슨 생각?"

이 애새끼가 그럴 리가 없죠!

나는 주먹을 꾹 쥐어 마음을 다스리며 에이에게 말했다.

"그런 것보다 아까 내가 한 말 못 들었어? 나, 씻고 싶다니까? 너한테 그럴 재주는 없어 보이니까, 나가서 대야에 따뜻한 물이라도 좀 담아서 와 봐. 힘들면 따뜻한 물에 적신 수건이라도 괜찮고. 아, 내가 몸 닦을 때는 당연히 나가 있어야 하는 건 알지?"

그 전에 에이가 선수를 쳐 버렸지만.

"너, 지금 자기가 무슨 상황에 처해 있는지……."

"하아? 너, 바보 아냐?"

에이는 유리 벽에 가까이 다가와서는 검지를 들어 자신의 머리를 툭툭 두드리며 말을 이었다.

"충분히 생각해 봤으니까 이런 말 하는 거잖아. 너는 그런 것도 몰라? 쯧쯧, 이래서 친구 하나 없는 아싸는 안 된다니까. 저기, 오빠야♥ 이런 시골에 처박혀 지내지 말고, 밖으로 나가서 사회성이라도 좀 기르는 게 어때? 아니, 아니다. 밖에 나가 봤자 같이 놀 사람이 없으면 소용없구나? 어떡해~♥ 찐빠야는 앞으로 평생~ 찐따처럼 살아야겠다~♥"

아! 때리고 싶다!

저 유리벽을 부수고 들어가 볼기짝을 있는 힘껏 때리고 싶다! 세상에 나쁜 개는 없다고 하지만, 미친개에게는 매가 약이라는 말은 있잖아!

그래서 난.

"야."

"왜? 화났어? 어머어머, 우리 오빠야, 정곡 찔려서 화났……"

뜻한 대로 했다.

"앉아."

그 한마디에.

"꺄악?!"

에이는 주변의 중력이 몇 배는 강해진 것처럼, 혹은 위에서 보이지 않는 힘이 짓누르는 것처럼 바닥에 납작 엎드려서 몸을 바들바들 떨었다.

나는 그 모습을 보며 손을 한번 터는 것으로, 텅 비어 버린 마음속에 차오른 부정적인 감정들을 털어 버렸다.

"너, 나한테 무슨 짓을 한 거야?"

말 그대로 찌부러진 채 소리만 지르는 **에이의 불쌍한 모습** 덕분에, 그건 그리 힘든 일은 아니었다.

그건 그렇고.

언령을 사용하는 새로운 방법을 써 봤는데, 이게 되긴 되는구나.

내가 '앉아.'라고 말하면서 머릿속에서 떠올린 건, 세현 덕분에 찾아보게 된 만화의 한 장면이었다. 거기서 등장하는 여주인공이 남주인공에게 앉으라고 말하면, 어딜 봐도 앉는 게 아니라 온몸을 땅에 처박아, 라는 말에 어울리는 상황이 벌어진다.

즉, 그 만화 속 세상에서 여주인공이 남주인공에게 말하는 '앉아.'라는 말에는, '온몸을 있는 힘껏 땅에 처박아라.', 혹은 '알 수 없는 힘으로 상대의 몸을 있는 힘껏 땅에 처박겠다.'라는 뜻이 담겨 있다는 거다.

……사실 어떤 과정을 걸쳐 그런 결과가 일어나는지는 잘 모릅니다. 제대로 안 봤거든요.

어쨌든.

나는 언령에 대한 관점이 달라졌을 때 깨달은, 말에 사전적인 의미가 아닌 포괄적인 뜻을 담아서 언령을 쓸 수 있는지를 에이를 통해 확인해 보고 싶었다.

"뭘 보고만 있어! 이거 빨리 안 풀어? 야! 내 말 안 들려?"

보시다시피 시험은 성공했습니다.

실패했다면 에이는 쭈그려 앉거나, 바닥에 엉덩이를 붙이고 앉았을 테니까.

다만 직설적인 방식으로 언령을 쓰는 것보다는 대가가 큰 것 같다.

단 한 번 언령을 썼을 뿐인데, 언령을 두 번 사용했던 때와 비슷할 정도로 피곤해졌고…….

털어 냈다고 생각한 감정이 들쑥날쑥하기 시작했으니까.

그래서 나는 유리 벽 앞에 쭈그려 앉았다. 서 있다가는 몸이 살짝 휘청거릴 것 같기도 했고, 이래야 바닥에 엎어진 채 고개만 겨우 들고 있는 에이가 내 얼굴을 볼 수 있을 테니까.

"야."

언령을 쓴 대가를 치르고 있는 내 표정을 봤기 때문일까.

"아, 아니, 잠깐, 오빠야♥ 그렇게 화내지 말고, 응? 내가 말이 조금 심했던 것 같긴 한데, 그래도 이건 너무하지 않을까? 우리 서로 말 통하는 지성인이잖아♥ 그런데 이런 이상한 요술 같은 걸 부릴 필요는 없지 않았을까? 안 그래? 응?"

에이는 조금 전보다 공손히, 하지만 세희 앞보다는 건방진 말투로 말했다.

그 점이 마음에 들지 않았기에 나는 다시 한번 말했다.

"아니, 됐고."

뭔가 분위기가 심상치 않다는 걸 깨달았는지, 에이는 잠깐 입을 다물었다.

"생각해 봤냐고."

하지만 그것도 정말 잠깐이었다. 내 말을 듣고 바로 오만하게까지 느껴지는 미소를 지었으니까.

땅바닥에 엎어져 고개만 겨우 든 상황에서.

"그게 지금 부탁하는 사람의 태도야?"

나는 휴대폰을 꺼내고서 인터넷에 단어를 검색해 보고는 에이에게 말했다.

"부탁. 어떤 일을 해 달라고 청하거나 맡김."

나는 고개를 갸웃거리며 말을 이었다.

"넌 지금 내가 너한테 부탁하는 것처럼 보이냐?"

"그게 그거잖아? 네가 허세 부리면서 있는 척해 봤자, 그 정도는……."

"하."

나는 웃음이 새어 나오는 걸 참을 수 없었다.

그래, 뭐 이렇게 길게 이야기할 필요가 있어? 우리 집 아이들도 아니고, 내가 책임질 녀석도 아니다. 애초에 말이 통하는 상대였으면 여기까지 오지도 않았을 텐데.

"뭐야? 왜 웃어? 기분 나쁘게. 아, 몰라. 됐으니까 빨리 이거나 풀어. 지금 풀어 주면 두 사람한테 사과하는 척이라도 해 줄게. 그거 시키려고 나 데려온 거잖아?"

그런데 이건 말이 안 통하는 정도가 아닌데?

"……그건 또 무슨 소리냐."

어리둥절해진 나와 달리 에이는 장난기마저 느껴지는 목소리로 말했다.

"뭘 그렇게 모르는 척해? 남자들 그런 거 좋아하잖아? 좋아하는 여자한테 잘 보이려고 허세 떠는 거. 너, 그 젖소녀 좋아하잖아? 그러니까 이 기회에 점수 좀 따려는 거고. 아니야?"

황당해서 할 말이 없어진 나를 보며 에이가 피식 웃었다.

"정곡 찔리니까 할 말 없는 거 봐. 그래도 너 주제에 꽤 머리 썼네. 응. 내가 많이 칭찬해 줄게♥ 수준이 안 맞으면 그 정도 노력은 해야 하지 않겠어?"

어, 음, 저기 말이다.

도대체 어떻게 하면 그런 말도 안 되는 생각을 할 수 있는 거냐?

아니, 아니지.

이건 함정이다.

그래, 에이가 내게 협상을 시도하기 위해서 자신이 처한 상황을 일부러······.

"그러니까 빨리 이거 풀라니까? 힘들어 죽겠다고!"

나는 짜증이 가득 담긴 에이의 목소리를 듣고 그 가능성을 머릿속에서 지워 버렸다.

현실 도피는 그만두자.

에이는 진심으로 내가 나래의 환심을 사기 위해 사과를 강요하는 거라 생각하는 것 같으니까.

나는 가뜩이나 연비와 효율이 안 좋은 머리를 쓰게 된 책임을 에이에게 물기로 했다.

"댔고."

"으읍?"

나는 '앉아'를 쓸 때와 같은 느낌으로 쉴 새 없이 떠드는 에이의 입을 다물게 만들었다.

다만, 그 반동이라고 할까?

에이가 몸을 움직일 수 있게 된 건 예상하지 못한 일이었다. 부산에서 썼을 때는 이러지 않았으니까.

설마 단순하고 직설적인 언령과, 은유적이고 함축적인 뜻이 담긴 언령의 영향력은 다른 건가? 아니면 '앉아'와 '됐고'가 충돌을 일으켜서 나중에 쓴 언령이 우선권을⋯⋯.

사실 저도 제가 뭔 소리를 하는지 모르겠습니다.

이건 천천히 알아 가도록 하자. 지금 중요한 건 그게 아니니까.

쾅쾅!

내 언령에 당한 당사자는 자유를 되찾은 한쪽 손으로는 자신의 입을 가리키고, 다른 한쪽 주먹으로는 유리 벽을 두드리며 마음껏 내게 불만을 표하고 있지만⋯⋯.

그러게 누가 네 할 말만 계속하래?

물론 우리 집에도 말 많기로는 둘째가라면 서러운 녀석이 있긴 하다. 멍석만 깔아 주면 거기 앉아서 북 치고 장구 치며 삼 일 밤낮을 쉬지 않고 독설을 내뱉을 수 있는 무시무시한 녀석이 말이지.

하지만 정말 놀랍게도 말이지. 세희는 상대의 반응을 살피며 이야기를 한다.

상대가 자신의 말을 이해했는지, 이해하지 못했는지. 이해했다면 반박하려 하는지, 아니면 공감하려 하는지. 이해하지 못했다면 무시하려 하는지, 질문을 하려고 하는지.

그 모든 것을 살피며 자기가 하고 싶은 말을 한다.

하지만 에이는 다르다.

이 녀석은 자기만 안다. 다른 사람의 생각, 반응, 감정 같은 것은 거의 신경 쓰지 않는다는 게 말과 행동에서 그대로 드러난다.

그러니 대화가 진전이 없지.

정작 에이는 자신의 문제점은 생각도 못 하고 유리 벽을 두드린 덕분에 살짝 부어오른 손으로 입술만 툭툭 두드리며 지금 당장 언령을 풀라고 시위를 하고 있지만.

"넌 진짜 발전이 없구나."

그래서 나도 내 할 말만 하기로 했다.

"하룻밤 정도 내버려 두면 좀 말귀가 통할 거라고 생각했는데 말이야."

적어도 나는 그랬거든.

하지만 세상에! 저보다 더한 녀석이 여기 있어요! 그것도 말을 못 하게 되자 발로 땅을 구르는 등, 온몸으로 짜증을 표현하는 녀석이 말이죠!

"애초에 내가 어머니와 나래에게 진심으로 사과를 하면 풀어 주겠다고 말한 건, 네가 지금 자기가 저지른 잘못에 대해 진심으로 반성하고 있는지 알아보기 위해서였다."

그 결과는 보시는 대로입니다만.

"그런데 지금까지 말도 안 되는 헛소리나 하는 걸 보니까, 널 이대로 놔뒀다가는 끝까지 자기 잘못을 반성하지 않을 것 같네."

하아.

에이가 유리 벽에다 입김을 불고는 그 위에 [헛소리 그만 해.]라고 글을 썼다.

그래, 지금부터 내가 하는 말을 듣고도 그런 반응을 보인다면 내가 인정해 주지.

인정만 해 주겠냐. 이 녀석은 내 선에서 어떻게 할 수 있는 수준이 아니라는 걸 받아들이고 세상에 방생하겠다. 그 정도로 대범한 녀석이라면 자기 앞가림은 어떻게든 할 수 있을 테니까.

"그런 이유로."

나는 마음속으로 그렇게 결정한 뒤.

"나는 네가 진심으로 자기 잘못을 반성하고 내 어머니와 나래에게 사과할 때까지."

에이에게 말했다.

"너를 내 모르모트로 삼을 거다."

모르모트.

흔히 실험용 생쥐라고 하죠.

유리벽에 다시 입김을 불고, '병시'까지 쓰던 에이가 모르모트라는 말을 듣고는 그대로 멈춰 버렸다.

아니, 두 눈을 깜빡이다가 고개를 한 번 갸우뚱하는 게, 지금 자기가 들은 말이 맞는지 의심하는 눈치다.

"잘못 들은 거 아니다."

그래서 나는 다시 한번 에이에게 말했다.

"아까 말했지? 내가 너한테 쓴 게 언령이라고. 내가 이 언령이라는 요술…… 아니, 요술은 아니지. 주술인지 술법인지를 배웠는데, 이게 요괴들하고 싸울 때 꽤 쓸 만하더라고. 아마 너도 당해 봤으니까 잘 알 거다."

그 말에 눈앞의 산증인이 유리 벽에 얼굴이 닿을 정도로 가까이 다가와서는 눈을 부라렸다.

"어이구~ 무서워라~."

나는 일부러 두 팔로 몸을 감싸고 부르르 떨고서, 이제는 아예 유리 벽과 한 몸이 되어서 거센 콧김을 내쉬고 있는 에이에게 말했다.

"근데 말이다. 사실 내가 언령을 쓸 수 있게 된 지 얼마 안 돼서 이걸 어떻게 써야 하는지 잘 모른단 말이야."

물론 나름대로 잘 쓰고 있다고 생각한다. 언령을 익힌 지 하루 만에 에이를 잡았고, 지금도 그 시끄러운 입을 다물게 만들었잖아?

하지만 나는 알고 있다.

겨우 이 정도로 만족해서는 안 된다고.

밤하늘의 도움으로 언령이 가지고 있는 무궁무진한 가능성을 엿볼 수 있었으니까.

……또는, 그 대가에 대해서도.

하지만 지금의 나는 언령을 버릴 수 없다.

내 상대는 에이 같은 허접…… 아니, 허약한 요괴가 아니니까.

"그러다 보니 언령을 연습할 상대가 필요했다, 이거지."

어떤 일이든 하다 보면 익숙해진다. 그다음은 재능의 영역이라고는 하지만, 지금은 상관없으니 넘어가고.

언령 역시 그럴 것이다.

문제는 우리 집에 언령을 연습하기 좋은 상대가 없다는 거지. 생각해 봐.

세희나 냥이? 나중에 죽을 일 있어요?

성의 누나? 내 마음이 아파서 안 된다.

나래? 내가 결국 무슨 언령을 쓰게 될지 눈에 선해서 안 돼.

다른 아이들? 차라리 나한테 쓰고 말지.

그런데, 어머나! 마침 큰 사고를 친 죄로 잡아 온 아무래도 좋을 녀석이 우리 집 감옥에 갇혀 있네?

"?"

정작 이 녀석은 그게 나하고 무슨 관계인가 싶어 두 눈을 깜빡이면서 나를 올려다볼 뿐이었지만.

……뭐랄까, 공감은 지능이라는 말이 떠오르는군.

그러면 친절히 설명해 줘야지.

"말했잖아, 모르모트라고. 널 언령의 연습 상대로 삼겠다는 뜻이다."

세희의 두 눈을 반짝이게 만들었던, 내 두 번째 계획.

에이가 자신의 잘못을 진심으로 반성할 때까지 언령을 연습할 상대로 삼겠다는 내 계획을!

당사자는 두 눈을 크게 뜨고서 벌어진 입을 감출 생각도 못한 채 나를 올려보고 있지만.

나는 그런 에이를 내려다보며 말했다.

"물론 너한테 안 좋은 일만 있는 건 아니야. 일단 감옥에서 내보내 줄 거고, 그 외에도 기본적인 인권 정도는 챙겨 줄 테니까."

아무리 그래도 에이를 이 안에 가둬 둔 다음에 언령을 연습할 때만 찾아오는 건 사람으로서 할 일이 아닌 것 같으니까.

"아, 말은 그렇게 했지만 네가 싫다면 거절해도 괜찮아. 아무래도 이런 일을 싫다는 사람한테 억지로 시킬 수는 없는 거잖아? 안 그래? 이래 봬도 난 마음씨 착한 사람이거든."

지금껏 보지 못한 정도로 에이가 머리를 격하게 끄덕였다.

그래서 나는 에이에게 말했다.

"뭐, 그래도 나는 네가 해 줄 거라고 믿고 있지만."

말하는 도중에 언령을 섞어 가면서.

내 말이 가당치도 않다는 듯, 에이는 거센 콧김을 내쉬고

145
첫 번째 이야기

팔짱을 끼며 건방지게 턱을 추켜올리며 대답했다.

"해 줄게!"

하겠다고.

"어?"

그런데 에이는 자기 입에서 나온 말을 믿을 수 없나 보다. 머리를 가만히 놔두지 못하고 이리저리 움직이고 입을 벙긋벙긋하는 걸로 모자라, 자기 두 손을 쥐었다 폈다 하는 걸 보니까 말이지.

"진짜지? 너, 지금 해 준다고 했다? 네가 하늘에 점지를 받은 이름을 걸고 맹세하는 거야?"

"약속할게! 아니, 내가 왜 그런 약속을 해 줄게에에엑?!"

이제야 자기가 무슨 꼴을 당한 건지 깨달은 에이가 거의 비명 같은 소리를 지르며 쿵쿵, 유리 벽을 두드렸다.

나는 그 모습을 바라보며 최대한 나래를 닮은 미소를 짓기 위해 노력하면서 말했다.

"그래, 그래. 고마워. 나중에 다른 말하기 없기다?"

"도대체 나한테 무슨 짓을 해 줄 거지만! 무조건 해 줄 거지만! 아니, 이게 아니라! 뭐야! 도대체 나한테 무슨 짓을 해 줄 거야?!"

나는 에이의 비명을 무시하며 말했다.

"그렇게까지 말해 주니까 내 마음이 다 편해지네. 아무래도 언령이라는 게 배운 지 얼마 안 돼서 말이야. **무슨 일이 일어날지 몰라서** 조금 걱정됐거든. 그런데 네가 그렇게 온 몸을 바쳐 날 도와준다고 하니까 고마울 정도야."

"으으으읍! 으으으으읍!"

오, 세상에!

사람이 위기에 처하면 알 수 없는 힘이 솟아오른다는 게 사실인가 보다! 자기가 무슨 말을 해도 결국 내 말을 긍정하게 된다는 사실을 깨달은 에이가 자기 입을 두 손으로 막고서 신음으로 항의를 해 왔으니까.

"푸하! 고마워할 필요 없어! 네 부탁이니까!"

강력한 언령의 힘 앞에서는 별 의미 없었지만.

"그러면."

나는 빙긋 웃으며 세희가 건네줬던 계약서와 인주를 유리 감옥 밑에 뚫려 있는 구멍을 통해 안으로 넣으면서 말했다.

"여기에 지장을……."

아, 이게 아니지.

나는 살짝 지친 마음을 가다듬고 다시 한번 언령을 썼다.

"이제 네가 한 말을 지켜라."

거의 울상이 된 에이가 밝게 웃으며 말했다.

"하기 싫지 않아! 응! 정말 하고 싶어! 진짜로! 와! 너무 하고 싶다!"

너무 쉽게 대답이 나오는 바람에 '우회적으로 언령을 같은 상대에게 두 번 연속해서 썼을 경우 첫 번째 것은 효과가 끝난다.'는 가설의 증명을 할 수는 없었지만, 그런 건 천천히 확인하면 되는 거 아니겠어?

그렇게 에이는 세희가 준비해 준 계약서에 지장을 찍었다.

그 순간.

"하아, 하아, 하아."

에이는 바닥에 주저앉아 격한 숨을 내쉬며 초점 없는 눈으로 알 수 없는 곳을 바라보았고.

쿵!

동시에 내 심장 박동 소리가 귀에 들릴 정도로 크게 울렸다. 갑작스러운 몸의 변화에 당황해서 가슴에 손을 대고 심호흡을 해 보지만!

쿵쿵쿵!

격하게 뛰는 심장은 멈출 생각을 하지 않았다.

멈춰도 문제겠지만!

아니, 지금 이런 딴죽이나 걸 때가 아니다! 지금 당장 에이를 감옥에서 내보내 줘야 하니까!

아니, 이것도 아니다. 이 녀석이 계약서에 지장을 찍긴 했지만, 그렇다고 당장 감옥에서 내보내 줘야 한다.

뭐?

내가 지금 뭐라고 한 거지? 생각이 내 뜻대로 되지 않는다. 마치, 하루 종일 뜨거운 사막 아래에서 물 한 모금 마시지 못하고 있을 때 눈앞에 얼음이 동동 띄워진 차가운 물을 마시기 위해서라도 **에이를 당장 저 감옥에서 풀어 줘야 해!**

하지만 세희가 만든 유리 감옥 안에 있는 에이를 어떻게 풀어 주지? 언령을 써야 하나? 아니, 그건 너무 불확실하다. 그렇다면 방에 돌아간 지 얼마 안 됐는데 다시 부르는 게 미안하긴 하지만 세희를…….

"뭐가 걱정 안 해도 돼, 입니까."

어느새 몸치장을 마쳤는지, 평소처럼 검은 한복을 입은 세희가 내 앞에 나타났다.

세희가 이렇게 반가운 적이 있었던가. 나는 에이를 감옥에서 내보내 줄 수 있다는 사실에 기쁨으로 터질 것 같은 심장을 주먹으로 억누르며 세희에게 말했다.

"야, 잘됐다. 지금 당장 에이를…….."

"혹시 기억하십니까?"

하지만 세희가 손을 한번 휘젓는 것으로 내 혀는 차갑게 굳어졌고, 내 귀에는 더 이상 심장 박동 소리가 들리지 않았다. 동시에 두 다리에 힘이 풀려 바닥에 주저앉았고, 미혹의 늪에서 빠져나온 나는 지금까지 이상할 정도로 내 뜻대로 사고할 수 없었다는 사실을 깨달았다.

뭐, 뭐지? 도대체 나한테 무슨 일이 벌어졌던 거야?

"분명."

허둥대며 당황하고 있는 내 귓가에 피곤한 기색이 역력한 세희의 싸늘한 목소리가 들려왔다.

"밤하늘 님께서 경고하셨을 겁니다. 언령을 응용하여 사용하는 데 있어, 절대로 어렵고 복잡한 수준이 아닌 간단한 조건을 다는 것부터 연습해 보는 것이 좋을 것이라고."

겨우 고개를 끄덕일 수 있었던 나를 보며 세희가 말을 이었다.

"또한 주인님께서는 알고 계실 겁니다. 사람의 정신을 건드리는 요술은 아무리 저라 해도 상대의 안전을 보장할 수 없다는 것을."

……어.

이 정도까지 오니까 세희가 무슨 말을 하려는 건지 알 것 같았다. 지금 일어났던 일은 내가 쓴 언령이, 절대로 간단한 게 아니어서 일어난 문제였다는 이야기겠지.

"말이라는 것은 주고받는 것입니다."

아니었네요.

나는 머릿속에서 떠오른 생각을 구석에 치워 놓고서 이어지는 세희의 말을 주의 깊게 들었다.

"언령 또한 언어(言語)의 범주에 속해 있습니다. 그렇기에 주인님께서 저것에게 사용한 언령이 당신께도 영향을 주지 않으리라는 법은 없습니다. 이는 소희 님께서도 주인님께 주의하라고 말씀하신 사항입니다."

그래, 기억난다.

소희는 내게 언령에 대해 가르쳐 주며 말했었다. 부정적인 감정에 기반을 두고 언령을 사용하면 그 영향을 받아 성격이 나빠질 수 있다고.

그 사실을 떠올리자, 나는 왜 조금 전까지 강박 관념에 걸린 것처럼 에이를 지금 당장 감옥에서 내보내 주려고 했는지 알 수 있었다.

내가 에이에게 마지막으로 썼던 언령은 자신의 말을 지키라고 했던 것이었다.

나는 내 제안을 받아들이면, 에이를 내보내 준다고 약속했었으니까. 거기다 내가 쓴 언령이 사람의 정신과 관계가 있는 꽤 복잡하고 어려운 부류였다.

아니, 부류였다고 한다.

그러니 그 반동을 강하게 받은 내가 에이를 감옥에서 꺼내 줘야 한다는 충동에 휩쓸리고 만 거구나.

스스로 한 말을 지키기 위해서.

상황을 파악하자 깊은 두려움과 당혹감에 온몸이 부르르 떨렸다.

그런 나를 세희가 폭우가 쏟아지는 날에 뛰쳐나가 두 팔을 벌린 채 글도 안 써지니 번개라도 맞아 죽어야겠다고 미친 사람처럼 낄낄거리며 웃는 아버지를 보던 그때의 나와 같은 시선으로 쳐다보며 말했다.

"그러니 부디 그 사실을 잊지 마시고 이번과 같이 자신이 사용한 술법에 휘둘리는 일이 없으셨으면 합니다."

"……미안."

세희는 내 사과에 깊은 한숨으로 답했지만.

"그런데 앞으로도 이런 일이 없을 거란 약속은 못 하겠다."

그것이 끝은 아니었다.

세희는 눈빛으로 그 이유를 물어 왔고, 나는 최대한 능글맞은 태도…… 그러니까, 두 손과 함께 어깨를 으쓱이며 어휴~ 하고 한숨을 내쉬고서는 고개를 갸웃거리며 말했다.

"어쩔 수 없잖아? 내가 찬물 더운물 가릴 때가 아닌데."

"지금 같은 경우에는 올바르지 않은 예시로군요."

"그러면 독이 든 성배라고 할까."

세희가 눈살을 찌푸리기만 하는 걸 보니까 제대로 말한 것 같다.

"그렇다고 내가 너를, 아니, 너희들의 마음을 무시하겠다는 건 아니야. 그래서야 주객전도니까. 안 그래?"

세희의 대답이 없었기에 나는 계속해서 말했다.

"하지만 다른 사람하고 싸울 때, 무기로 삼을 게 많으면 많을수록 좋은 것도 사실이지. 그것도 상대가 모르는 무기라면 더더욱."

"혀가 깁니다, 주인님."

세희의 싸늘한 목소리에 나는 내 혀가 얼마나 긴지 확인해 볼 겸 입 밖으로 최대한 빼 보았다. 세희의 표정은 변화가 없었고, 머쓱해진 나는 간지럽지도 않은 볼을 긁으며 말했다.

"뭐, 간단하게 말하면 나도 할 수 있는 데까지는 해 보고 싶다는 거야."

너희들한테, 아니, 정확히 말하면 너에게 조금 더 민폐를 끼치는 한이 있더라도.

그럼에도 나는 이번 일을 통해 조금이라도 더 성장하고 싶다.

"나도, 남자니까."

내 뜻을 밝히자 세희가 손으로 이마를 짚고 깊은 한숨을 내쉬며 말했다.

"주인님의 그 결심이 훗날 무슨 결과를 낼지 알고 계십니까?"

"우리 아버지가 부르던 노래 가사 중에 이런 게 있더라. 한 치 앞도 모르니까 산다는 재미가 있는 거 아니겠냐고."

초등학생 시절에 들었지만, 아버지의 이상한 웃음소리는 지금도 기억이 선명하다.

내 귓가에 들려온 세희의 한탄 어린 목소리만큼이나.

"······아직 봄도 오지 않았건만."

세희는 그렇게 말하고서는 손을 한번 휘젓는 것으로 에이를 가뒀던 유리 감옥을 말끔히 지워 버리고서 그림자 속으로 사라졌다.

마치 내 뜻을 존중해 주겠다는 듯.

* * *

세희에게 당당하게 가슴을 펴고 말하긴 했지만, 솔직히 말해서 아픈 곳을 찔린 부분도 있었다.

내가 조금 들떠 있었던 것 같거든.

드디어 나도 언령이라는 특별한 힘을 쓸 수 있다는 사실에 말이야. 왜, 가족들 중에서 요술 같은 힘을 쓸 줄 모르는 건 나밖에 없었잖아?

……물론 말이 그렇다는 거지.

나도 몇 번 우연찮게 신기한 힘을 쓴 적이 있었으니까. 하지만 그것들은 내가 바랄 때, 내 마음대로 쓸 수 있는 힘이 아니었다.

그런 내게, 내 마음대로 쓸 수 있고, 간단하며, 그에 대한 대가도 그리 부담되지 않았던 언령이라는 힘이 생겼다. 그 힘으로 첫 실전도 무사히 치렀고.

그러다 보니 나도 모르게 기세등등해져 있었던 걸지도 모른다.

하지만 만병통치약 같던 언령이 지금처럼 양날의 검이 될 수 있다는 사실은 알지 못했다.

……정확히 말하면, 소희와 밤하늘의 경고에도 위기의식을 가지지 못하고 내 뜻대로 상황을 통제할 수 있다고 착각한 거지만.

이쯤 와서 조금 변명을 하자면.

계약서에 지장 좀 찍게 만들려고 썼던 언령이 사람의 정신을 조작하는 식으로 나타날 줄 누가 짐작이나 할 수 있겠어?

세희나 소희, 냥이는 빼고.

그래도 지금 상황을 긍정적으로 받아들일 부분이 없는 건 아니다.

이번 일을 통해 언령이 사람의 말과 똑같이, 자신의 뜻과 다르게 해석되고 문제를 일으킬 수 있다는 사실을 깨달을 수 있었으니까.

이렇게 시행착오를 겪으면서 걸어가다 보면, 언젠가는 그 끝에 닿겠지. 철저한 계산하에 능숙하게 언령을 사용할 수 있는 미래에 말이야.

거기다, 이번 일을 긍정적으로 받아들일 만한 일은 그것뿐만이 아니다.

"야."

"······왜, 왜?"

분명 감옥에 갇혀 있을 때만 해도 기세등등해서 사람 하나 못 잡아먹어 안달이던 녀석이, 사람이 달라 보일 정도로 얌전해졌으니까.

아니, 단순히 얌전해진 게 아니다.

천둥벌거숭이 같았던 에이가 내 눈치를 살살 살피고 있는데 이걸 그냥 얌전해졌다고 하면 안 되겠지.

거기다 자기를 가두고 있던 유리 감옥도 사라졌는데! 도망칠 시도조차 안 하고! 구석에 조용히 짱박혀, 어이쿠, 틀어박혀 있다고!

"넌 갑자기 왜 그러냐?"

그래서 나는 에이에게 두리뭉실하게 물어보았다. 뭔가 찔리는 게 있으면 알아서 뱉어 내겠지.

그런데 에이의 반응은 내가 생각했던 것보다 격했다.

"뭐, 뭐가? 내가 뭘 했다고 그래? 나, 아무것도 안 했거든? 그러니까 괜한 트집 잡을 생각하지 마. 알겠어?"

이 녀석은 또 왜 갑자기…….

아니.

나는 고개를 저었다.

자연스럽게 에이에 대해 알게 되는 건 상관없지만, 일부러 머리 굴려 가며 저 녀석을 파악할 필요는 없겠지. 나는 그냥 에이를 통해 언령을 연습하고, 그러면서 저 세상 물정 모르는 녀석이 무시무시한 분들의 신경을 건드리지 않을 정도로만 버릇을 고쳐 주면 되는 거다.

"뭐야? 왜 아무 말도 안 해?"

그렇게 생각을 정리하고 있던 걸 에이는 조금 다르게 받아들인 것 같다.

"저기, 혹시 아까 내가 욕한 거 때문에 꽁해져 있는 거 아니지? 응? 에이, 설마. 내가 말하고도 웃기다♥ 안 그래? 겨우 그런 거 가지고 우리 오빠야~♥가 좀생이처럼 굴 리가 없는데. 그치?"

에이가 말한 욕이라는 게, 유리 벽에 쓰다만 글이라는 건 알겠지만.

왜 이 녀석이 '오빠야' 앞에 '우리'를 붙이는지는 모르겠다. 그에 대한 항의의 뜻으로 한번 노려보자니, 에이가 어깨를 움찔 떨고는 엉덩이를 꼼지락거려 나에게서 조금 더 거리를 벌리고서 말했다.

"우와! 설마 진짜로 그거 마음에 담아 두고 있었어? 무슨 왕이 그래? 잘 들어. 이럴 때는 좀 대범하게 굴어야 하는 거야. 그래야지 요괴들이 아~ 우리 왕님이 마음도 넓구나~ 하고 믿고 따르지. 알겠어?"

취소다.

이 녀석이 얌전해져서는 내 눈치를 살피고 있다고 한 거. 한 번 입을 여니까 자기가 언제 겁먹고 있었냐는 듯 아주 현란하게 혀를 놀리는 게, 기절했을 때 동해에 갔다 버렸어도 입술만은 동동 떠다녔을 것 같다.

"그리고! 요즘에 병신♥은 욕도 아니잖아? 그냥 간단한 인사 같은 거지. 아, 오빠야는 게임 좋아하지? 그러면 잘 알겠네. 게임에서는 병신 같은 건 안부 인사 같은 거잖아? 왜, 게임하다 보면 그런 말도 많이 듣잖아. 게임 조⋯⋯."

"앞으로."

하지만 가만히 들어 주고 있을 수 없는 말이 나올 것 같기에, 나는 에이의 말을 억지로 잘랐다.

"그런 안 좋은 말, 우리 집에서는 금지다."

애들 교육상 안 좋으니까.

그렇게 말을 마친 나를 에이는 동그랗게 변한 눈으로 바라보더니.

"풉."

한 손으로 입을 가리며 웃었다.

"푸하하하핫!"

조금 전에 있었던 일만 아니었다면 언령을 써서 입을 다물게 만들고 싶을 정도로.

"진심? 와, 미친, 진짜? 구라 아니고?"

에이의 입에서 튀어나오는 말에 나는 골치가 아파 오는 걸 느꼈다.

나라고 저런 말을 쓸 줄 모르겠냐. 하지만 나는 랑이와 만나기 전부터 욕설뿐만 아니라, 인터넷 유행어나 비속어와 은어를 쓰지 않으려고 노력해 왔다.

그 첫 번째 이유로는 어머니가 그런 말을 끔찍하게 싫어하시기 때문이고.

두 번째 이유로는 우리 나래 님도 바른 말 고운 말을 사랑하시기 때문이며.

마지막 이유로는 그런 말을 입에 달고 다니는 세현을 옆에서 보고 있자니 나는 저렇게 살면 안 되겠다는 생각이 들었기 때문이다.

그런 내가 받아들일 수 있는 수준은 딱 폐이까지.

그래서 아무 말 없이 고개를 끄덕인 내게 에이가 어이없다는 듯 말했다.

"와! 진짜 이런…… 아, 나쁜 말 하지 말라고 했지? 그래도 꼰대 정도는 되나? 되겠지? 응? 꼰대는 그렇게 나쁜 말도 아니잖아? 옛날부터 써 왔고."

자기 혼자 말하고 자기 혼자 납득한 에이가 말을 이었다.

"그래서 말인데, 요즘에 오빠야 같은 꼰대는 처음 봤어. 응? 잠깐만. 꼰대♥ 꼰대 오빠♥ 꺄하하핫, 이거 오빠야한테 잘 어울린다. 좋아, 너는 이제 꼰대 오빠야!"

꼰대.

······꼰대 정도는 괜찮겠지.

거기다, 음, 인정하고 싶지는 않지만 에이에게 내가 꼰대처럼 보일 부분이 없는 것도 아니고.

그런 생각에 가만히 있는 내가 뭔가 이상하게 보였는지, 에이는 고개를 갸웃거리며 말했다.

"저기, 꼰대 오빠♥ 뭐라고 말이라도 해 봐. 나 혼자 말하고 있으니까 이상하잖아. 아, 꼰대 오빠라고 하는 게 마음에 안 들어서 그런 거야? 그러면 그냥 오빠야~♥ 라고 부를까? 응? 물론 오빠야는 내 마음 속에서는 언제나 꼰대겠지만!"

나는 코로 깊게 숨을 들이마시고 입으로 숨을 내뱉은 뒤.

"됐으니까 일단 나가자."

에이의 말을 싹 무시하고 말했다.

일단 에이도 내 말을 무시할 생각은 없는 것 같으니까 나도 내 할 일을 해야지.

어찌 되었건 에이는 계약서에 지장을 찍었다. 그렇다면 나는 이 녀석을 밖으로 내보낸 뒤, 최소한의 인권은 보장해 줄 의무가 있다는 뜻이다.

언령을 연습하는 건······ 오늘은 안 되겠지. 이미 몇 번이나 언령을 썼으니까, 하루는 쉬는 게 맞을 것 같다.

무엇보다.

"일단 가족들한테 너를 소개시켜 줘야 할 것 같으니까."

오늘은 그럴 시간도 없을 것 같고.

"잠깐만. 꼰대 오빠, 내 말 들은 거……."

"그리고."

나는 지금도 구석에 앉아 있는 에이에게 다가가 허리를 숙여 흔들리는 붉은색 눈동자를 내려다보며 말했다.

"네 입장을 잊지 않는 게 좋을 거야."

한 손에 들린 계약서를 흔들면서 말이다.

"……."

쉴 새 없이 입을 나불대던 에이도 독소 조항이 가득한 계약서 앞에서 할 말을 잃은 걸 보니, 계약서에 도장을 찍을 때는 조심하고 또 조심해야 한다는 불변의 진리를 다시 한번 깨달을 수 있었다.

뭐, 열심히 잘 읽어 본다고 해서 어쩔 수 있는 경우가 얼마나 있겠냐만서도.

* * *

감옥에서 나온 내가 가장 먼저 한 건 가족들에게 안방에 모여 달라고 부탁한 것, 그리고 최대한 빨리 씻고 나오라고 에이를 욕실에 처박는 것이었다.

나와 세희가 기세 싸움을 하고 있을 때 겁도 없이 씻고 싶다고 자기주장을 펼쳤던 걸 기억하고 있기도 하고, 밤새 땀을 흘린 녀석을 그대로 두는 건 위생상으로도 좋지 않으니까. 그러다가 에이가 우리 집 아이들에게 이상한 병이라도 옮기면 어떻게 할 거냐고.

순간 한약재가 되어 버리는 에이의 미래가 얼핏 보인 것 같지만, 내 기분 탓이겠지.

나는 고개를 절레절레 젓고서 눈앞의 상황에 집중하기로 했다.

"다 모였어?"

"검둥이는 내가 좋을 대로 하라면서 밥 먹을 때나 불러 달라고 하였느니라."

그렇게 냥이와 가희, 그리고 아침 준비를 하고 있는 세희를 제외한 온 가족이 안방에 둥그렇게 모여 앉았다.

다만 나래는 이번에는 한발 빠져 있겠다는 듯 성의 누나와 함께 소파에 앉아 이쪽을 관망했지만.

하지만 내가 생각 못 한 건, 성린이 성의 누나가 아닌 내 품 안에 자리를 잡았다는 거다.

마치, 자기도 이 일에 할 이야기가 있다는 듯이.

"응, 있어."

있다고 하십니다.

나는 자신의 생각을 솔직하게 밝힌 성린의 머리를 쓰다듬어 주며 안방에 모인 가족들을 둘러봤다.

내 오른쪽에 앉은 랑이는 세수를 하고 바로 왔는지 앞 머리카락이 살짝 젖어 있는 채로 나를 올려다보고 있다. 그러면서도 살짝살짝 시선이 아래로 내려갈 때가 있는데, 아무래도 내 품을 차지하고 있는 성린이 부러운 게 아닐까 싶다.

……내 품에 앉아 있는 게 우리 집 공인 막내인 성린이 아니었다면 가위바위보라도 해서 자리를 정하자고 하지 않았을까.

그런 랑이의 옆에는 치이가 두 다리를 모으고 다소곳이 앉아 있었는데, 그 시선이 부엌과 이어진 문에서 떨어지지 않고 있다. 이 추운 겨울에도 훤히 드러나 있는 발끝이 계속해서 꼼지락거리는 걸 보니 아무래도 세희 혼자서 아침 식사를 차리고 있는 게 신경 쓰이는 게 아닐까 싶다. 우리 집의 슈퍼 초귀(超鬼)의 솜씨를 모를 리가 없지만, 그만큼 마음씨가 착한 걸 어쩌겠어.

그리고 그 옆에서 반쯤 졸고 있는 페이는…….

무슨 말을 하리오. 전에 들었던 말을 떠올려 보면, 어제 밤에도 누워서 휴대폰으로 놀다가 늦게 잠든 게 아닐까 싶다. 그래도 이야기가 시작되면 치이가 알아서 깨우겠지.

페이의 옆에는 이제 막 자리에 앉으려던 아야가 팔짱을 낀 채 나를 내려다보고 있었는데, 공교롭게도 딱 내 정면이라 이 상황 자체에 불만이 많은 것처럼 보였다. 실상은 평소보다 이른 시간에 제대로 몸단장도 못했는데 불려 온 것이 그다지 마음에 안 드는 것 같지만. 그걸 어떻게 아냐고? 머리를 감고 제대로 말리지 못했는지 평소와 달리 그 길고 풍성한 머리카락을 풀어헤치고 있었으니까.

그게 아니라면, 어제 선물로 사 온 빗으로 내가 직접 머리를 정돈해 달라는 무언의 부탁일지도 모르고.

그와 별개로, 지금의 모습이 어른이었을 때의 아야를 떠올

리게 만들어 살짝 가슴이 두근거렸다는 건 비밀이다.

응? 비밀이야, 성린아.

나는 품속에 앉아 있는 성린이 고개를 끄덕이는 것과 아야가 자리에 앉는 걸 보고 시선을 옆으로 돌렸다.

꾸벅.

나와 눈이 마주친 소희가 살짝 고개를 숙였다. 하지만 눈밑이 거무스름하고 피곤한 기색이 역력한 게…….

그래, 이건 내가 잘못했다. 잠든 지 얼마 안 된 소희는 빼달라고 말하지 않은 내가 잘못이야.

"괜찮아요, 성훈 씨."

그런 내 생각을 짐작했다는 듯, 소희는 피곤한 안색으로도 밝은 미소를 지으며 말했다.

"오히려 나중에 이 일을 알았다면 분명 후회했을 테니까요."

"그, 그래."

왜 나는 소희의 후회라는 말이 자기혐오라는 단어로 들리는지 모르겠다.

그리고 이건 말을 하고 넘어가야 할 것 같은데.

소희는 평소의 드레스나 트레이닝복이 아닌, 내가 선물해준 옷을 입고 있었다. 정확히 말하면 내가 기절한 사이에 세희가 대신 전달해 준 옷이지만, 그게 뭐가 중요할까.

여성복 매장의 마네킹에 진열되어 있는 옷들 중에서 잘 어울릴 법한 것들로 골라 왔기 때문일까, 소희에게 꽤 잘 어울리는 느낌이다.

……뭐요. 왜. 예전에 인터넷에서 봤다고. 패션 센스가 없으면, 그냥 마네킹에 입혀 둔 옷을 세트로 사는 게 좋다고.

그건 그렇고 진짜 잘 어울리네. 애초에 예뻐서 그런지 마네킹이 입고 있던 모습보다 더 보기 좋은 느낌이다. 다만 본인은 평소 입던 드레스와 달리 조금 팔랑팔랑하고 가벼워 보이는 옷차림이 익숙지가 않은지, 살짝 볼을 붉히며 고개를 숙였지만.

그 모습이 상당히 귀엽다는 생각이 들었을 때.

"그거 아니야, 아빠."

그것도 모르냐는 듯한 성린의 목소리가 품속에서 들려왔다.

"응?"

"아빠가 너무 빤히 봐서 그런 거야."

"……그, 그래?"

"응!"

그래서 나는 한곳에 모인 아이들의 시선을 모른 척하며 고개를 돌렸다.

"흐응~."

그곳에는 소파에 앉아 다리를 꼬고서 나를 차가운 눈빛으로 내려다보고 계시는 나래 님이 계셨습니다.

나래가 내게 눈빛으로 물어 왔다.

그래서 소희는 몇 번째야, 성훈아?

이에 나도 진심을 다해 대답했다.

아직 모릅니다!

참으로 쓰레기 같은 대답이라 생각하지만, 다행인 건 입으로 말하지 않았다는 것이다.

증거가 남지 않아요, 증거가! 하하핫!

"우리 사이에 증거가 필요해?"

별 의미는 없었지만.

"아~ 그것보다 말이야~."

나는 과장되게 말을 돌리면서 성의 누나와 가볍게 눈인사를 주고받은 뒤.

이른 아침부터 가족들을 모은 이유를 입에 담았다.

"이렇게 아침부터 모여 달라고 부탁한 건 다른 게 아니라, 에이에 대해서 할 이야기가 있어서 그래."

내 말에 랑이와 치이가 동시에 고개를 갸웃거렸고, 아야가 팔짱을 낀 채로 불편한 마음이 가득한 목소리로 말했다.

"크응, 그거 어제 저 밥보들한테 들었어, 이 깜빠아."

"왜, 왜 저까지 포함인 건가요?"

치이는 자기가 랑이와 같은 취급을 받았다는 것에 항의하듯 귀 윗 머리카락을 번쩍 들어 올렸고.

나는 둘의 반응에 피식 새어 나온 웃음을 숨기지 않고 말했다.

"그건 아는데, 다른 일이 또 생겼거든."

그제야 아야도 입술을 삐죽이고서 고개를 끄덕였다. 그래,

그래. 이거 끝나면 어제 사 온 빗으로 머리카락을 예쁘게 빗어 줄 테니까 조금만 참아 주라.

"아야 언니, 아빠가 이야기 끝나면 어제 선물로 사 준 빗으로 머리 빗겨 준다고 조금만 참으래."

그리고 내 생각은 그대로 성린의 입을 통해 아야에게 전해졌다.

"키, 키이잉?"

가족들의 시선을 한 몸에 받은 아야는 광속으로 손에 들고 있던 빗을 소매 안에 집어넣은 뒤, 양 볼만큼 붉어진 꼬리로 얼굴을 가리며 말했다.

"누, 누가 그런 걸 해 주길 바랐다고, 이 족집게야?!"

아야는 어떻게든 아닌 척 말해 봤지만 풍성한 꼬리의 끝이 쉴 새 없이 움직이는 건 어쩔 수 없었나 보다.

나는 따스한 눈빛으로 아야가 고개를 푹 숙이게 만든 뒤, 성린에게 말했다.

"알았어, 아빠."

아니, 그 전에 성린이 대답했다.

"······응?"

성린이 몸을 돌려 나를 올려다보며 말했다.

"아빠가 말하는 동안 조용히 있을게."

"어, 어······."

내가 부탁하려던 게 맞지만, 난 아직 뭐라 말도 안 했는데? 아니, 제대로 생각도 안 했는데 성린이 내 속을 읽고 대답한 거에 살짝 당황하고 말았다.

그런 나를 보며 성린이 손을 들어 한 사람을 가리키며 말했다.

"언니가 생각했어."

정확히 말하자면, 성린이 자신을 가리키자 당황해서는 부채를 펼쳐 얼굴을 반쯤 가린 소희를.

"자꾸 내가 아빠가 말하는 걸 방해하면, 아빠가 곤란해할 것 같다고."

그러거나 말거나 성린은 할 말을 했지만.

하지만 소희도 소희였다. 그 짧은 순간에 냉정을 되찾고서는, 부채를 접고서 만들어 낸 미소를 지으며 성린에게 말했으니까.

"그건 사고의 갈래 중 하나였을 뿐이에요, 성린 양."

"성린 양?"

처음 듣는 호칭이 어색한지, 아니면 마음에 들지 않은 건지 성린이 살짝 눈썹을 찌푸리고서는 소희에게 말했다.

"성린, 난 성린이면 돼, 언니."

"하지만 성린 양은 성훈 씨의 소중한……."

내 소중한 딸이지.

아마 소희도 그렇게 말하려 했던 것 같지만, 안타깝게도 그 말은 듣지 못했다.

"잠깐, 잠깐이니라."

내 옆에 앉은 랑이가 오른팔을 번쩍 들고 평소와 달리 무게 있는 목소리로 대화에 끼어들었으니까.

"다른 때라면 몰라도 지금은 성훈이가 우리에게 하고 싶은 이야기가 있어서 마련한 자리이니라. 그런데 내가 가만히 보고 있자니, 이러다가는 성훈이가 하고 싶은 이야기를 언제 들을 수 있을지 모를 정도이니라. 그러니 지금은 하고 싶은 이야기가 있더라도 조금만 참고 나중에 하는 게 어떠하겠느냐?"

그 말에 나는 당황했다.

아니, 나뿐만 아니라 성의 누나와 성린. 그리고 지금은 아예 치이의 허벅지를 베개 삼고 치이의 인형을 꼬옥 끌어안은 채 숙면을 취하고 있는 페이를 제외한 모두가.

"……요즘 잠이 좀 부족하긴 했어."

소파에 앉아 있던 나래는 자신의 두 눈을 못 믿겠다는 듯 두 눈을 지그시 눌렀고.

"아우우우? 제가 지금 제대로 들은 게 맞는 건가요?"

치이는 자신의 귀 윗 머리카락을 높이 들어 올린 뒤, 손가락으로 귀를 팠다. 그래 봤자 나오는 건 없었지만.

"왜, 왜 그래, 이 밥보야? 갑자기 똑똑한 척하고? 뭐 잘못 먹었어?"

당황해서 말까지 더듬은 아야는 눈앞에 펼쳐진 현실을 믿지 못하는 것 같다. 다시금 꼬리를 앞으로 가져와 품에 안았는데, 그 끝이 파르르 떨리고 있었거든.

"……그런 거군요."

다만, 소희는 랑이의 어른스러운 태도를 보고 뭔가 눈치를

챈 것 같다. 그렇다면 나도 알 수 있지 않을까? 다른 일도 아니고 랑이와 관련된 일이니까.

나는 열심히 머리를 굴려 봤고, 이내 한 가지 가설을 세울 수 있었다.

나도 매번 잊고 있는 사실이지만, 랑이는 이미 어느 정도 정신적인 성장을 이루었다. 그런 랑이가 지금처럼 어린아이의 모습으로 있는 것은, 내가 그것을 원했기 때문이다.

나는 랑이가 가족들과 함께 즐겁고 행복한 유년기를 충분히 보낸 뒤 어른이 되기를 바라니까.

그런데 이번 일들을 겪으면서 나도 모르게 내가 바라는 것이 조금씩 변해 가고 있었다면?

그런 내게서 랑이는 과연 자유로울 수 있었을까?

……모르겠는데.

결국 이건 가설일 뿐이니까. 검증되지도 않은 가설을 근거삼고서 고심해 봤자, 결국 망상의 바다에 빠져서 허우적대는 거나 다름없다.

음.

포기하자. 뭘 이렇게 머리 아프게 고민하고 있냐. 이런 건 나하고 안 맞아.

"우리 랑이가 오늘은 왜 이렇게 어른스러워 보이는지 모르겠는데, 가르쳐 줄래?"

그래서 나는 랑이의 머리를 쓰다듬으며 대놓고 물어봤다.

"헤헤헷."

머리를 쓰다듬어 주며 슬쩍슬쩍 호랑이 귀 밑 부분도 긁어 주는 게 기분이 좋은지, 랑이가 눈웃음을 지으며 대답했다.

"우리 성훈이가 요즘 들어 어른스러워졌으니 나도 가만히 있을 수 없지 않느냐?"

……내가 요즘 들어 어른스러워졌다고? 내 어딜 봐서? 바로 어제만 해도 소희에게 반칙을 쓰고 눈에 모래를 던졌던 게 난데?

랑이가 그렇게 생각한 이유를 짐작할 수가 없어서 고개만 갸웃거리고 있자니, 옆에서 턱에 손을 대고 곰곰이 무언가를 생각하고 있던 치이가 입을 열었다.

"아우우우, 랑이도 완전 눈에 콩깍지가 씌인 거예요."

고민하고 하는 말이 왜 그래?!

그런 너는 다르냐고 농담이라도 한마디 건네려고 했을 때.

"하지만 왜인지 모르게 오라버니가 예전보다 어른스럽게 느껴지는 건 사실인 거예요."

치이까지 그렇게 생각한다고?

"너도 그랬어, 이 새침아? 나만 그런 줄 알았는데."

아야까지?

내 시선을 받은 아야가 고개를 끄덕이고서 말했다.

"요즘에 가끔씩 이상하게 듬직하게 느껴질 때가 있어. 마치……."

그렇게 말하는 아야의 표정은 그리운 감정에 젖어 있었다.

"옛날, 우리 아빠처럼."

소중한 추억을 나누어 준 아야 덕분에 나도 모르게 미소가 입가에 걸렸다.

"쿵!"

아야는 자기가 한 말이 부끄러운지 얼굴을 붉히고서 돌렸지만.

하지만 이런 훈훈한 분위기 속에서도, 아이들이 갑자기 내가 어른스러워졌다고 생각하는 이유가 궁금한 것도 사실이다.

그래서 나는 고개를 돌려 여기 있는 누구보다 나를 가장 오랫동안 알고 지낸 소꿉친구를 보았다.

나래도 내가 어른스러워졌다고 생각할까?

만약 그렇다면 나래는 그 이유가 뭐라고 생각할까?

"……."

무언가 깊은 생각에 잠겨 있던 나래는, 내 시선에 오른손을 들어 국보로 지정되어도 이상하지 않을 것 없는 아름답고 풍만한 왼쪽 가슴 위에 얹었다.

나래와의 인연과 추억을 기반에 두고 그 행동에 담긴 속뜻을 생각해 보자면 이렇다.

너, 양심 있어?

스스로 낸 결론에 살짝 풀이 죽었을 때, 살짝 눈썹을 찌푸린 나래의 분홍빛 입술이 열렸다.

"아니거든?"

어, 그래?

그렇다는 건, 자신의 부드럽고 풍만하며 고향에 대한 향수마저 채워 줄 수 있는 저 봉긋이 솟은 가슴골에 얼굴을 묻고 생각에 잠겨 보라는 나래의 유혹이었나?

"……."

나에 대한 안타까움과 한심함, 그리고 힐난이 골고루 섞인 나래의 시선을 보니까 그것도 아닌 것 같다.

그렇다면 대체 뭘까?

"마음과 관련된 일이라는 뜻이에요, 성훈 씨."

그리고 이곳엔 세희와 달리 올바르게 자란 소희가 있었다.

"그에 대해선 짐작 가는 일이 있으니, 지금은 랑이 님의 말씀처럼 저희에게 하시고 싶은 이야기부터 하시는 게 어떨까요?"

아니, 정말 올바르게 자란 소희가 있었다!

"그래."

나는 간지럽지도 않은 목에 힘을 줘서 헛기침을 한 뒤 가족들에게 말했다.

"아, 그렇다고 무슨 큰일이 있었던 건 아니니까 걱정은 하지 마라."

그런데도 평소보다 이른 시간에 다들 모이게 한 건, 이번 일이 중요한 건 아니지만 빨리 알려 줄수록 좋은 일이기 때문이다. 어젯밤에만 해도 감옥에 갇혀 있던 녀석이 오늘 아침에 집 안을 돌아다니는 모습을 아무 이야기도 듣지 못한 채 보게 되면 무슨 일이 일어날지 모르니까.

그래서 나는 새벽에 감옥에서 있었던 일을 간단하게 가족들에게 말했다.

혹시나 몰라 에이에게 한 번의 기회를 줬던 일.

에이가 그 기회를 단 번에 뻥! 차 버렸다는 것.

그로 인해 자신의 죗값을 에이가 온전히 스스로 치르도록 만들 거란 이야기.

내가 직접 그 대가를 치르게 만들 거라는 이야기.

혹시나 모를 일을 위해서 세희가 안전책을 마련해 주었다는 것.

"그리고 그 녀석이 어제 하루 종일 감옥에 있었다 보니……."

일단 씻고 오라고 시켰으니까, 그 녀석이 나오면 일단 얼굴이나 한번 보라고 말하려고 했을 때.

"아~. 시원해~♥"

이야기의 주인공이 부엌과 이어진 문을 열고서 나타났다. 머리카락도 제대로 말리지 않고, 수건을 목에 두르고서, 어디서 많이 본 티셔츠만을 걸치고서 말이지.

문제는 그 티셔츠가 어디선가 많이 봐 왔다는 거다. 주로 내 목 아래에서.

"저, 저, 저, 천인공노할 것을 보았느냐?!"

그리고 그 사실을 누구보다 먼저 알아챈 랑이가 벌떡 일어나며 외쳤다. 얼마나 화가 났는지 몸에서 거센 기운이 뿜어져나와 머리카락이 흩날릴 지경이었다.

[뭐, 뭐임?! 무슨 일임?!]

덕분에 지금껏 잘 자고 있던 페이까지 화들짝 놀라 잠에서 깨 버렸지만, 동정심은 들지 않았다.

이제 슬슬 일어날 때가 되긴 했지.

"아우우우, 일어났으면 세수나 하고 오는 거예요."

그보다 내가 신경이 쓰인 건 치이의 반응이었다.

화가 난 랑이가 사나운 기운을 내뿜고 있는데도 태연하게 페이에게 말을 걸고 있었으니까.

이제 랑이의 기운에 익숙해졌다는 걸까, 아니면…….

"뭐, 뭐야? 왜 갑자기 화를 내? 내가 뭘 했다고? 아니, 뭐, 내가 나쁜 짓을 하긴 했지만 그건 이미 꼰대 오빠한테 많이 혼났거든요? 혹시 호랑이는 일사부재리의 원칙도 몰라?"

아니, 지금 그럴 때가 아니구나.

범 무서운지 모르는 흡혈귀 녀석을 일단 살려 놔야지.

"랑이야."

에이에 대해서는 내가 알아서 하겠다고 말했던 걸 기억하고 있기 때문일까.

"하, 하지만 성훈아."

바로 꼬리를 내리고서 고개를 돌린 랑이의 얼굴은 참으로 안쓰러웠다. 하룻밤 만에 나라를 잃어도 저렇게 억울한 표정은 안 나오지 않을까.

다른 아이도 아닌 에이가 내 티셔츠를 입은 것 때문에 머리 끝까지 화가 난 것 같으니, 거기에 맞춰서 잘 달래 줘야겠지.

"저 옷, 세희가 줬을 거다. 그런데 내가 입었던 옷을 줄 리가 없잖아. 그러니까 진정하고 앉아."

그런데 랑이의 반응이 조금 이상하다?

"으, 으냐아?"

내 말에 눈이 동그래지고 머리카락으로 물음표를 만들었으니까. 마치, 지금 왜 그런 말을 하냐는 듯.

"하아……. 넌 진짜 이런 쪽으로는 너무 무신경하다니까?"

"성훈, 지금은 성훈이 잘못했어요."

동시에 나래의 한숨 섞인 체념과 성의 누나의 따끔한 꾸중이 이어졌다.

"응? 아니야?"

당황한 나는 그렇게 되물었고, 물결치는 입술을 옴찔거리던 랑이는 조심스럽게 입을 열었다.

"그…….."

"아~! 알았다! 꺄하하핫♥ 난 또 뭔가 했네!"

……죽어도 입술만 동동 떠다닐 녀석의 커다란 목소리에 묻혔지만.

[저거 치우면 안 됨? 본 지 얼마 됐다고 귀 아파 죽겠음.]

"지금은 오라버니를 봐서 참는 거예요. 지금은."

뭔가 무시무시한 이야기가 옆에서 들려왔지만, 그게 무슨 뜻이냐고 물어볼 시간도 없었다.

"커플티라서 그렇구나? 나하고 꼰대 오빠하고. 그렇지?"

에이가 헛소리를 지껄이기 시작했으니까.

"꺄하하핫♥ 우리 호랑이, 너무너무 귀엽다~♥ 나하고 꼰

대 오빠가 겨우 커플티 좀 입은 거 가지고 화난 거야? 와, 너무 풋풋한 거 아냐? 혹시 지금까지 연애 한번 못 해 봤어? 아, 맞다. 잠만 잤다고 했지! 그래도, 푸프프풋! 미안, 미안. 너무 웃겨서♥ 애! 요즘 세상에 커플티는 촌스럽단다! 푸흡! 아, 그래도 걱정할 거 없어. 응! 난 저 꼰대 오빠한테 조금도! 정말 조금도 관심이 없으니까 안심해! 누구하고는 다르게 말이야!"

나는 냥이가 이 자리에 없다는 사실에 진심으로 감사했다. 커플티가 촌스럽다는 말에 랑이의 양 볼이 붉게 달아오르고 눈가에 눈물이 차올랐을 때, 에이는 어떤 식으로든 죽었을 테니까.

그렇다고 안심하고 있을 때도 아니었다. 소파 쪽에서 느껴지는 서늘한 기운에 고개를 돌려 보니, 성의 누나의 모습이 평소와 달라져 있었거든.

세상 무슨 일이 벌어져도 온화한 기색을 잃지 않을 것 같은 성의 누나가 에이를 바라보는 눈빛이 점점 차가워지고 있다. 아니, 눈동자에 어떠한 감정도 보이지 않게 변했다. 게다가 머리카락의 끝은 이미 눈처럼 하얗게 변해 있었고.

그뿐만이 아니다.

에이를 노려보는 소희의 눈빛 또한 세희의 그것처럼 변해 있었다. 그쪽 세계의 랑이와 쌓은 인연 때문일까? 누군가의 허락만 떨어진다면 지금 당장 에이의 입을 꿰매 버릴 것 같은 기세를 내뿜고 있다.

소희가 그런데, 랑이와 함께 지내 온 날이 더욱 긴 치이와 아야, 페이는 어떻겠어?

"후우……."

귀 윗 머리카락이 하늘로 붕 떠서 내려올 생각을 안 하고 있는 치이는, 자세를 바꿔 앉아 두 손으로 발목을 연신 문지르며 숨을 고르고 있다. 언제든지 에이를 차 버릴 준비를 마쳤다는 듯.

방금 자다 깬 페이는 평소의 장난기와 태평함은 어디 갔는지 이미 연기로 수십 개의 무기를 만들어 자신의 등 뒤에 둥둥 띄워 놓고 있었고.

[간다, 어그로의 왕. 저장된 목숨의 양은 충분한가?]

……저건 못 본 거로 하고.

아야는 이미 목걸이를 벗고 손톱을 길게 내뽑고서 나를 보며 입을 벙긋거렸다. 입 모양을 보고 말을 알아들을 재주가 없는 나지만, 지금만큼은 아야가 무슨 말을 하고 싶어 하는지 알 것 같았다.

그리고 마지막으로.

이곳에서 랑이와 가장 긴 시간을 알고 지내 온 나도 평소와는 조금 다를 모습일 거다.

그래, 나도 에이의 도를 넘는 행동을 지켜보기만 할 생각은 없다.

나는 직접 에이의 버릇을 **단번에** 고쳐 주기 위해서 자리에서 일어났다.

"야."

하지만 그보다 먼저 소파에 같이 앉아 있던 나래가 먼저 일어났다.

그제야 나래에게 시선이 간 에이가 다시 입을 털었다.

"아! 곰 언니, 안녕? 내가 줬던 옷은 어디 갔어? 응? 꺄하하핫♥ 그게 언니한테 가장 어울렸는데 왜……."

생각보다 몸이 먼저 움직였지만, 나래는 그보다 더 빨랐다.

성린을 랑이에게 맡기는 데 시간이 필요했기 때문일까.

내가 자리에서 일어났을 때는.

나래가 에이의 얼굴을 잡아 벽에 박아 버린 후였다!

"꾸엑?!"

뒤늦게 에이의 비명이 나래의 손아귀 사이로 새어 나왔지만, 역설적으로 그 비명은 너무 빠르기도 했다.

"랑이가!"

쾅!

"너한테!"

쾅!

"그런 소릴!"

쾅!

"들을 입장은 아니거든?!"

쿠콰과과광!

에이가 몇 번이나 내다 박힌 벽은 결국 버티지 못하고 폭삭

무너져 버렸다. 마치 공성추가 몇 번이나 두드린 성벽처럼.

그리고 그 너머에서 부엌칼로 쓰기에는 너무나 큰 대검을 들고 아침 준비를 하고 있던 세희는 안방과 부엌을 잇는 또 다른 문이 생긴 것을 보고 이렇게 말했다.

"평소였다면 그 지방 덩어리에 이어져 내려오는 곰의 일족의 흉포함에 대해 한마디 했을 겁니다만, 지금은 잘하셨다는 말씀밖에 드릴 수 없군요."

"뭐래?"

나래는 가볍게 답했지만, 그렇다고 화가 풀린 것처럼 보이지는 않았다. 그랬다면 정신을 잃고 온 몸을 축 늘어뜨린 에이를 다시 한번 번쩍 들어 올릴 리가 없을 테니까.

……이대로 두면 여기서 시체 하나 치울 것 같네.

하지만 나는 나래를 말리지 않았다.

조금 전 에이는 우리 집에서 지켜야 할 절대적인 선을 넘었다.

또한, 나래는 에이에게 화를 낼 만한 이유도 있고, 벌을 내릴 권리도 있다.

무엇보다 나는 이미 나래의 '알아서 한다'는 말에 수긍했었다. 한 입으로 두말할 수는 없잖아?

그래서 나는 참기로 했다.

그러는 사이, 랑이는 자신을 위해 나서 준 나래를 바라보며 눈가에 맺힌 눈물을 닦아 냈다.

발톱을 세운 호랑이 손으로.

그 모습을 본 나래는 한층 더 표정을 굳히며 정신을 잃어 몸을 축 늘어뜨린 에이를 보며 말했다.

"그런데 얜 뭘 잘했다고 기절한 척을 해? 힘 조절도 했는데."

힘 조절을 안 했다면 집안 기둥을 뿌리채 흔들어 버렸을지도 모른다는 겁니까.

"그보다 뒷수습을 해야 하는 제 입장도 생각해 주시기 바랍니다, 나래 님."

뭐, 그 박살 난 벽도 세희가 투덜거리면서도 바로 원상 복구를 시켰지만.

그러거나 말거나, 나래는 손에 잡혀 있는 에이의 머리를 **보란 듯이** 앞뒤로 흔들며 말했다.

"야, 안 일어나? 누구 앞에서 머릴 굴리고 있어? 응? 곰의 일족이 우습지? 아주 우스워. 너, 그런다고 내가 봐줄 것 같아? 빨리 일어나서 랑이한테 사과 안 해?"

음.

진실은 어찌 되었건.

아무리 머리에 열이 오른 나래 해도 만신창이가 되어 가고 있는 에이를 보자니 마음속 깊은 곳에 잠들어 있던 측은지심이라는 게 깨어나는구나.

"잠깐만, 나래야."

그래서 나는 자리에 털썩 앉고서는 조심스럽게 나래에게 말했다.

"그 녀석, 진짜 기절한 것 같은데? 애초에 걔, 그다지 힘이 센 요괴도 아니잖아."

애초에 요괴라고 불러야 하는지도 모를 녀석이고.

"……그래?"

나래는 내 목소리에서 뭔가를 느낀 것처럼 눈매를 좁히고 서 나와 랑이를 본 뒤, 작은 한숨을 쉬고서 말했다.

"알았어. 성훈이가 그렇다면 그런 거겠지, 뭐."

나래가 에이를 방바닥에 툭 내려놓았다. 그 모습이 마치 세 탁기에서 꺼낸 빨래를 방바닥에 던져 놓는 것처럼 보이는 건 왜일까.

하지만 이내 몸을 돌려, 자신의 과격한 행동을 보고 그대로 굳어 버린 아이들을 바라보는 시선은 겸연쩍기 그지없었다.

"미안해, 얘들아. 언니인 내가 너희들 앞에서 이러면 안 되 는데, 도저히 참을 수가 없어서 말이야. 용서해 줄래?"

'이러면 안 되는데.'라고 말할 때 동시에 고개를 가로젓던 아 이들은 곧바로 고개를 맹렬하게 끄덕이며 말했다.

"괜찮으니라, 나래야! 응! 나래가 안 했으면 내가 손을 썼을 테니까, 아무 문제없느니라!"

[필살기 제대로 들어간 거임! 아주 좋았음!]

"그런 거예요! 잘하신 거예요! 저도 한 방 날려 주고 싶었던 거예요! 정말 속 시원했던 거예요!"

"그래, 이 흉…… 훌륭한 언니야! 킁, 그런 거 가지고 뭘 사 과하고 그러는데?"

아야는 뭔가 중간에 말이 바뀐 것 같지만, 모른 척 넘어가주자.

"……"

그리고 뭔가 할 말이 있어 보이는 소희도 말이야.

"다들 고마워."

고개를 숙여 감사의 뜻을 전한 나래가 아무 일도 없었다는 듯 소파에 다시 앉았을 때.

"성훈."

이때를 기다렸다는 듯이 성의 누나가 내게 말했다.

"성훈에게 한 가지 부탁할 게 있어요."

다들 알겠지만, 성의 누나가 내게 직접적으로 뭔가를 부탁하는 경우는 정말 드물다. 그런데 제가 어떻게 거절할 수 있겠습니까? 무슨 일이라도 들어 드려야죠! 다른 누구도 아닌 누나의 부탁인데!

"응? 뭔데?"

그렇게 가슴을 펴고 말한 내게 성의 누나가 말했다.

"에이를 제게 맡겨 줄 수는 없나요?"

"……어?"

"성훈도 알 거예요. 제가 견우성에서 무엇을 했는지."

잘 알지. 잘 알고말고요.

성의 누나가 교화시킨 신선 말종들이 한둘이 아니라는 건 나도 잘 아니까. 그런 누나에게 맡긴다면 에이도 앞뒤 분간은 하는 녀석이 될 거란 건 쉽게 예상할 수 있다.

성의 누나가 내 부담을 덜어 주기 위해서 한 말이라는 것
도.

하지만 나는 고개를 갸웃거리는 성린의 머리를 쓰다듬어 주
며 성의 누나에게 말했다.

"고마워, 누나."

감사의 뜻을 전했지만 그건 거절의 말이었고, 성의 누나는
어느새 옆에 다가와 내 손을 맞잡으며 말했다.

"전 성훈의 생각을 존중해요. 하지만 성훈은 지금 많이 힘
들잖아요?"

성의 누나의 눈동자에는 나에 대한 걱정과 불안감이 가득
차 있었다. 안타깝네. 손이라도 안 잡혀 있다면 성의 누나의
볼을 쓰다듬으며 걱정하지 않아도 된다고 말하고 싶은데. 정
말 무리다 싶으면, 바로 가족들에게 도움을 요청할 거라고 안
심시키고 싶고.

"엄마, 괜찮아."

그런 내 생각을 읽었는지 성린이 팔을 들어 성의 누나의 뺨
에 손을 대며 말했다.

"아빠, 정말 힘들면 엄마하고 언니들한테 도와 달라고 말한
다고 생각하고 있어."

성린에게 향했던 시선이 다시 내게 돌아왔고, 나는 고개를
끄덕였다.

이번 일은 나 스스로를 증명하기 위한 일이기도 하고, 과거
의 나 자신에게 떳떳해지기 위한 일이기도 하다.

그러니 나를 믿고 지켜봐 줬으면 하는 바람이다.

그 방에서, 같은 이불을 두르고 있을 때 성의 누나가 성린에게 했던 말처럼.

"그래요……."

하지만 성의 누나는 무언가 마음에 걸리는 게 있다는 듯이 말끝을 흐리며 고개를 돌렸다.

어? 내가 뭔가 말을 잘못했나?

"아, 그건 엄마가 에이를 직접 혼쭐…… 읍?!"

성린이 무언가를 말하려던 순간. 성의 누나의 손이 빛보다 빠르게 움직여 성린의 입을 막았다. 이런 일은 처음이라 성린도 나도 당황해서 눈만 깜빡이고 있을 때.

성의 누나가 말했다.

"아무것도 아니에요, 성훈. 아무것도 아닌 거예요, 성린. 알겠죠?"

더 이상 파고들면 안 된다는 경고를.

부녀는 누가 먼저라고 할 것 없이 말없이 고개를 끄덕였다.

그제야 성의 누나는 성린의 입을 막았던 손으로 머리를 부드럽게 쓰다듬으며 평소와 다름없는 훈훈한 미소를 지었다. 성린은 평소보다 몸이 살짝 굳어 있는 것 같았지만, 무서운 어머니 밑에서 자란 경험상 저런 것도 잠깐이다. 좀 있으면 언제 그랬냐는 듯이 성의 누나 품에 파고들어 안기겠지.

어머니의 품은 그런 거니까.

"그보다 성훈 씨."

"응?"

나는 시선을 돌려 말을 건 소희를 보며 고개를 살짝 옆으로 기울였다.

"잠깐 드릴 말씀이 있어요."

소희의 시선은 내가 아닌, 지금도 방바닥에 엎어져 있는 에이에게 향해 있었다.

소희가 무슨 말을 하고 싶은지 눈치채는 데는 그것만으로 충분했다.

"괜찮아."

나는 소희가 뭐라 말하기 전에 다시 입을 열었다.

"나도 알고 있으니까."

소희의 두 눈동자가 살짝 커졌지만 이내 원래대로 돌아와서는 나와 나래를 번갈아 바라보았다. 그런 후에 나를 올려다보며 미소를 지었는데, 도저히 자기보다 나이 많은 사람을 향해 보일 만한 종류의 것이 아니었다. 난이도 조절을 위해 낸 어려운 시험 문제까지 완벽하게 푼 학생을 보는 선생님의 눈빛이었지.

하지만 상대는 소희라는 이름의 세희다.

나는 그런 소희에게 연장자의 위엄을 내세우는 것보다 평소의 일상으로 돌아오는 것을 선택했다.

"자, 그럼 말이야."

나는 손을 들어 가족들의 시선을 모은 뒤 말을 이었다.

"여긴 조금 난리가 났으니까, 오늘 아침은 다른 곳에서 먹

자. 그래도 괜찮지?"

벽이 무너지면서 조금 전까지 먼지가 날아다녔잖아. 세희가
벽을 다시 세우면서 미세 먼지 하나 남기지 않고 깨끗하게 치
웠다는 건 알지만, 여기서 아침을 먹는 건 교육적으로 좋지
않을 것 같아서 말이다.

개인위생은 중요하니까! 응! 진짜 중요해!

상을 나르는 게 조금 힘들겠지만 말이죠!

"응, 알겠느니라!"

나는 랑이의 대답을 듣고 자리에서 일어났다.

되도 안 되는 꾀를 부린 녀석의 손가락이 움찔거리는 걸 주
의 깊게 본 후에 말이지.

* * *

커다란 우리 집에는 주인 없는 방이 몇 개나 있고, 세희와
치이는 그런 곳까지 매일매일 쓸고 닦아 왔다. 그중에는 당연
히 안방만 한 방도 있다.

애초에 지금의 안방은 엄밀히 따지면 진짜 안방도 아니고,
편의상 그런 용도로 쓰고 있을 뿐이다.

처음에는 몰랐지만, 인터넷에서 한옥의 구조에 대해서 찾아
보니까 나오더라고.

……우리 집이 전통적인 한옥 구조라고는 죽어도 말 못 하
겠지만.

어쨌든 내가 이런 이야기를 하는 건 별게 아니다.

아침을 먹은 후면 으레 랑이가 동화책을 읽고, 냥이가 옆에서 그 모습을 보며 흐뭇하게 미소 짓고, 성의 누나가 소파에 앉아 뜨개질을 하고, 아야가 성린과 놀아 주던 안방이 지금은 텅 비어 있다는 말을 하고 싶어서지.

정확히 말하면 안방에 나가기 전과는 다른 위치에 엎어져 있는 에이가 있긴 하지만.

"야."

그래서 난 에이를 발로 툭 건드리며 말했다.

"정신 차린 거 다 아니까 일어나라. 할 일 있으니까."

나는 아무 반응도 보이지 않는 에이를 다시 한번 툭 건드리며 말했다.

"애초부터 기절 안 했던 거 다 알고 있으니까 지랄, 아니, 엄살 부리지 말고 그만 일어나."

여전히 자신의 얕은꾀가 통했다고 생각한 채 뻗어 있는 에이를 보고 있자니 나도 모르게 험한 말이 튀어나오고 말았다. 아무도 없어서 다행이지.

그렇다고 에이가 무슨 반응을 보였냐면, 그건 아니다.

결국 나는 머리를 긁적이면서 귀찮음을 가득 담아 말했다.

"일어나."

"으핫?!"

쓸데없는 곳에 언령을 써 버렸다는 생각이 들지만, 그래도 이 자식이 벌떡 일어나서 당황한 표정으로 나를 올려다보고 있는 꼴을 보자니 조금이나마 보상을 받은 느낌이 든다.

나는 데구르르 눈동자를 굴리는 에이를 내려다보면서 허리를 굽혀 얼굴을 가까이 대며 말했다.

"말했지? 엄살 부리지 말고 그만 일어나라고."

그사이에 에이가 돌린 건 눈동자만이 아니었나 보다.

"뭐, 뭐야? 무, 무슨 엄살? 갑자기 무슨 소리 하는 건데? 저기, 너, 알고 있어? 나 조금 전까지만 해도 기절을……."

"야."

이 녀석 나름대로 열심히 머리를 굴려서 하는 변명이 변명 같지 않아 나는 말을 잘랐다.

"만약에 말이다. 내가 언령을 써 봤는데 방금 그 말이 구라, 아니, 거짓말이면 넌 나한테 진짜 죽도록 맞는다. 네가 진짜로 기절할 때까지 말이야. 알겠지? 응?"

나는 진심을 다해 몸을 풀었고, 에이도 이대로 가다간 곰의 수장 피하려다 요괴의 왕에게 맞아 죽을 거라 생각했는지 작전을 변경했다.

"아, 아얏! 머, 머리가 아파! 머리가 너무 아프다고!"

나는 두 손으로 머리를 감싸 안고 랑이도 속지 않을 연기를 하고 있는 에이를 물끄러미 내려다보았다.

"쯧쯧쯧. 추하다 추해."

혀를 차면서.

"……."

"……."

그런 나를 에이가 불경스러운 눈동자로 올려다보는 것도 잠시.

"에이, 씨! 뭔데! 어쩌라고?! 사람이 기절한 척 좀 할 수 있잖아! 그 젖…… 아니, 곰 언니, 장난 아니었다고! 가만있었으면 진짜 죽었을 거야!"

그럴 리가 있냐. 나도 아직 살아 있는데. 사람을 패는 데 일가견이 있는 나래라면 분명 적당한 수준에서 봐줬을 거다.

여기서 말하는 적당한 수준이라는 건 살아남기는 하지만 요술의 도움 없이는 일상생활이 불가능한 정도를 말합니다.

그 정도면 랑이의 눈가에 눈물이 맺히게 만든 에이에게 딱 맞는 수준 아닐까?

당사자는 그렇게 생각하지 않는지, 자신의 이마를 덮고 있는 머리카락을 위로 들어 올리고서 말했지만.

"봐! 분명 이마 다 까졌을 거야!"

나는 다시 고개를 숙여 에이의 이마를 보며 말했다.

"잡티 하나 없이 깨끗하군."

"그, 그래? 그렇단 말이지♥"

순간 머쓱해진 에이는 머리카락을 아래로 내리고서는 한발 뒤로 물러나 시선을 이리저리 돌렸다가, 이내 정신을 차리고 내게 다시금 변명했다.

"그, 그래도 너무하잖아! 호랑이가 풋풋한 감성의 어린애라는 걸 생각 못 하고 말을 조금 심하게 한 건 내 실수 맞아. 하지만 아무리 그래도 그렇게 무자비하게 사람을 패는 게 어디 있어?! 그러니까 내가 기절한 척한 건, 그, 뭐냐, 그러니까 그 거야! 정당방위 같은 거라고!"

정당방위가 그럴 때 쓰는 말이었나? 아닌 것 같은데? 그럴 때 쓰는 자기방어? 자기 방위 같은 말 있지 않아?

하지만 나도 단어를 잘 아는 편이 아니라 조용히 있기로 했다. 왜, 그런 말도 있잖아. 가만히 있으면 중간이라도 간다.

하지만 에이는 그 속담도 모르는 것 같다.

"너도 그렇게 생각하지?"

내 침묵을 다른 의미로 받아들인 걸 보면.

"괜히 곰의 일족이 악명 높은 게 아니라니까? 나처럼 힘이 약한 요괴한테도 그렇게 무자비하게 폭력을 쓰잖아!"

나래가 웅녀의 뼈 몽둥이를 들지 않은 것에 감사해야 한다 는 사실을 모르는 에이가 계속해서 말했다.

"아, 맞다. 너! 너 말이야! 잠깐 깜빡했는데 요괴의 왕이잖 아?! 그러면 당연히 나를 그 흉악한 곰 언니한테서 보호해 줘 야 하는 거 아니야? 응? 그런데 왜 가만히 있었어? 그러니까 우리들한테 인기가 없지! 평소에 잘했어 봐! 그런 바보 같은 연설 같은 건 안 해도 됐을걸? 꺄하하핫♥ 안 그래? 응?"

어디까지 가나 한번 구경해 볼 생각에 팔짱을 낀 나를 본 에이는, 고개를 삐딱하게 기울이고선 어쩔 수 없다는 듯 손짓 을 하며 계속해서 지껄였다.

"뭐, 네가 말려 줘서 살긴 살았지만…… 그래도 한참 모자 라! 그 정도로는 아직 모자라다고! 그렇고말고, 아암~♥ 그러니까 내가 지금부터라도 나한테 잘할 수 있는 기회를 줄게. 일단, 배가 고프니까 먹을 것 좀 줘♥ 어제부터 밥도 제대로 못 먹었단 말야."

에이가 하고 싶은 말은 다 한 것 같다.

그러니까 앞의 장황한 헛소리는 맞아 죽기 싫어서 기절한 척했다는 이야기고. 결론은 배가 고프니까 밥 좀 주세요, 라는 거군.

"알았다."

나는 바로 승낙했다.

애초에 에이에게 아침을 먹일 생각이기도 했고 말이야. 밥을 먹지 않으면 일을 시킬 수도 없으니까 말이죠.

"어? 정말? 진짜야? 치사하게 먹는 거 가지고 구……, 세상에, 이게 안 돼? 어쨌든 거짓말하는 거 아니지?"

정작 에이는 내가 쉽게 대답하자 못 믿는 기색이었지만.

"그래."

나도 먹는 거 가지고 치사하게 굴 생각은 없다.

"하지만 그 전에."

먹는 거 가지고는.

"응? 또 뭔데? 별로 안 중요한 이야기면 일단 밥부터 먹고…… 하, 하면…… 안 될까요?"

뭔가 상황이 이상해져 간다는 것을 깨달은 에이가 몸을 부들부들 떨었다. 나는 그 자그마한 어깨를 한 손으로 있는 힘껏 움켜쥔 뒤.

"히익?"

지진계의 추처럼 흔들리는 에이의 눈동자를 똑바로 노려보며 내 진심을 담아 말했다.

"**네가**, 아니, 네가 랑이를 울리는 일이 또 생기면 말이다. 그때는 내 손으로 저지른 실수를 내 손으로 만회할 거다. 알겠냐? 내 손으로 같은 일이 일어날 가능성 자체를 없애 버릴 거라고."

그때 나래가 널 도와줄 수 있을 거란 생각은 안 하는 게 좋을 거다. 아니, 이 녀석은 나래의 선의조차 눈치 못 챈 것 같지만.

"알겠냐? 알겠으면 대답해."

"으, 응! 응! 아, 알았으니까요! 잘 알았어요!"

나는 바짝 얼어붙어 있다가 공학도의 손에 개조된 모터 달린 인형처럼 미친 듯이 고개를 끄덕이는 에이의 볼을 손으로 툭툭 치며 말했다.

"그래, 앞으로는 잘하자. 알겠지?"

"예!"

* * *

부엌에는 평소라면 한창 설거지를 하고 있을 세희도, 치이도 없었다. 오늘은 내가 할 일이 있으니 부엌에 오지 말아 달라고 했거든.

"우와……."

그 대신 부엌에 들어온 에이는 아이들이 먹다 남긴 것들을 모아 놓은 상 앞에 앉아서는 두 눈을 크게 뜬 채 연신 감탄했다.

"우와아아아! 이게 뭐야?!"

그 모습엔 나도 감탄할 수밖에 없었다.

이 자식, 멘탈…… 아니, 정신력 쩌네. 바로 조금 전에 그런 일이 있었는데 전혀 달라진 게 없어. 이 정도 정신력이어야 인터넷 방송도 하는 건가.

그래서 나도 조금 전에 에이에게 했던 경고는 머릿속 한쪽에 구겨 넣었다가 필요할 때 꺼내기로 하고, 평소처럼 대해 주기로 했다.

"뭘 그렇게 놀라냐? 어제도 이 정도였는데."

"그야 어제 건 날 괴롭히려고 호화롭게 차린 줄 알았지!"

틀린 말은 아니지만 맞는 말도 아니기에, 나는 손으로 밥상을 가리키며 말했다.

"됐고, 밥이나 먹어라."

이 녀석의 머릿속에는 대체 뭐가 들어 있는지 모르겠다. 옛날의 치이처럼 반항심으로 가득 찬 것도, 아야처럼 독기가 가득한 것도 아닌데 왜 이렇게 제 무덤을 팔까?

"그러니까 그런 거 하나도 멋없다니까? 오히려 찌질해 보인다고. 거기다 그거, 지금 그 자세 말이야."

"뭐."

"진짜 극혐♥ 토 나올 정도로 극혐이니까, 앞으로는 하지마."

……저 정도는 나쁜 말이 아니라는 거겠지.

내심 그 이유를 알 수 있었다. 나도 어느 정도는 에이의 말에 공감하니까.

제가 지금 에이의 맞은편에서 벽에 비스듬히 등을 기댄 채 팔짱을 끼고 있거든요. 여기다 챙이 긴 모자까지 깊게 눌러쓰면 이야기 속에서나 나올 법한 수수께끼의 인물 완성이겠군.

그래서 난 벽에서 등을 떼고 에이의 맞은편에 앉았다. 그런 나를 에이는 무슨 생각을 했는지 경계심이 가득한 눈으로 보며 말했다.

"……너도 먹게?"

"먹겠냐."

아무리 봐도 자기 밥그릇 챙기는 꼴이라 내 목소리도 자연스럽게 날카로워졌다.

"나도 같이 밥 먹을 상대는 고른다."

"아핫, 아하하핫!"

에이가 수저를 든 손으로 입을 가리며 웃었다.

"고를 상대가 있긴 있어? 응? 없을 것 같은데♥"

"지금까진 없었는데, 오늘 한 명 생겼다. 얼굴만 봐도 밥맛 떨어지는 자식이."

입가에 미소가 사라진 에이가 오만상을 찌푸리며 말했다.

"그러면 자리 좀 옮기는 게 어때? 나도 말이야, 못생긴 걸 보면 밥맛이 뚝 떨어져서. 응~ 밥맛♥"

"그거 잘됐네. 다이어트하고 싶으면 거울 보면 될 테니까.
아, 이럴 때가 아니군. 거울 가져다줄까? 지금 너한테 딱 필요
할 것 같은데."

"……."

에이의 인상이 한층 더 사나워졌다.

아서라, 이 자식아. 내가 세희에게 당하고만 산 건 상대가
상대이기 때문이다. 너 같은 애송이한테 말싸움으로 지겠냐.

"너, 짜증 나."

결국 에이는 백기나 다름없는 말을 해 버렸고, 나는 한쪽
입가를 슬쩍 올리며 말했다.

"그래서 안 먹을 거냐? 그럴 거면 치우고."

"……누가 안 먹는데?"

에이는 잠깐 고민을 했지만 결국 자존심과 실리 중 후자를
택했다. 올바른 선택이지. 자존심이 밥 먹여 주냐? 먹을 수
있을 때 먹어야 하는 법이다.

"그럼 먹어. 밥 식는다."

나는 더 이상 너하고 할 말이 없다는 듯 벽에 등을 기대고
휴대폰을 꺼냈다. 더 이상 너한테는 신경 쓸 생각이 없다는
표현이었고, 에이는 불만이 가득한 표정이었지만.

"뭐야, 이거? 존……진짜 맛있어."

그것도 수저를 입에 대기 전까지였다.

그래, 세계적인 대기업의 외동 따님의 까다로운 입맛……

은 아니지만, 어쨌든. 나는 상상도 못 할 만큼 맛있는 것들을 먹어 온 나래조차 인정한 세희의 음식 솜씨가 듬뿍 발휘된 밥상이다. 지금 와서 하는 말이지만, 내가 처음 지리산에 왔을 때 상에 올라왔던 그 괴식조차 먹어 보았다면 맛있다고 감탄했겠지. 그렇다고 다시 밥상에 올라오면 먹겠다는 건 아니다.

아니라고! 절대 아니야! 혹시나 해서 강하게 주장하는 건데, 진짜 아니다!

……어쨌든 우리 집 음식을 한번 맛본 에이는 그야말로 여물을 먹는 돼지처럼 밥을 먹기 시작했다.

쯧쯧쯧, 누가 보면 며칠은 굶긴 줄 알겠다.

나는 그 모습을 휴대폰으로 촬영했다가 '사람이 어떠한 상황에서도 최소한의 품위를 지켜야 하는 이유.'라는 이름의 교보재로 사용할까 싶었지만, 에이의 초상권 때문에 포기했다. 아무리 그래도 지킬 건 지켜야지.

그렇게 생각하면서 나는 휴대폰으로 인터넷 뉴스를 둘러보았다.

부모님의 안부와 건강을 궁금해하는 기사 제목들이 자주 보인다. 사람들 사이에서는 광화문에서의 연설을 그리 좋지 않게 보는 여론이 우세한 것 같네.

나 같아도 그렇겠지만.

겨우 사회가 조금씩 안정을 되찾아 가고 있는 지금. 평범한 사람들에게는 걸어 다니는 폭탄 같은 녀석들의 왕이라는 놈이 자신의 자리를 걸고 격투 대회 같은 걸 열어 버리면 누가 좋아하겠어?

요괴들이 좋아합니다.

그럼 된 거지.

그런 생각에 피식, 웃음이 새어 나왔다.

"뭐, 뭔데? 뭐가 웃겨?"

그리고 그 웃음이 정신없이 수저를 움직이며 욕심 많은 햄스터처럼 입에 음식들을 집어넣고 있던 에이에게 어떻게 받아들여졌을지는 말할 필요도 없을 거다.

"너 때문에 그런 거 아니다."

내게 남아 있는 최소한의 양심이, 그러니까 돼지처럼 계속 먹으라는 말은 마음속에 남기도록 했다.

아, 볼에 묻은 케첩도 좀 닦으라는 말도.

"잘난 척은! 너도 나처럼 하루 굶어 보면 다를 거 없을걸?!"

그렇게 나는 잘하는 거라곤 사람을 화나게 만드는 것밖에 없어 보이는 에이에게 상대방의 말을 제멋대로 왜곡해서 듣는 특기도 있다는 사실을 알게 되었다.

세상에, 어쩜 저렇게 미운 짓만 골라서 할까.

나는 휴대폰을 슬쩍 아래로 내리고 고개를 들어 입가에 양념과 기름을 묻히고 양 볼을 햄스터같이 부풀리고 있는…….

그래, 솔직히 안쓰럽기까지 한 에이에게 말했다.

"나는 안 그랬다."

"……뭐?"

"나는 너처럼 안 그랬다고."

아버지가 당시의 모든 것을 걸고 3년 동안 준비했던 소설이 25화 만에 조기 완결을 당해서 정신이 잠깐 나가 있었을 때의 나에게, 한동안 한두 끼 정도 굶는 건 흔히 있는 일이었다. 그때는 하도 배가 고파서 TV에 음식 먹는 프로그램이 나오면 화면에 손을 가져다 대고 입에 넣는 시늉을 하며 맛있다, 맛있다 중얼거리던 적도 있었지.

그 사실을 어떻게 알았는지 모를 어머니께서 중동에서 급히 날아와 아버지를 반죽음 상태로 만든 뒤로는 그런 일이 없었지만.

……지금 와서 생각해 보면 검은 한복을 입은 누군가가 뒤에서 춤을 추지 않았을까 싶지만, 넘어가고.

어쨌든.

나는 그럴 때도 에이처럼 추잡, 어이쿠, 허겁지겁 먹지는 않았다.

"거짓말하고 있네."

에이는 못 믿는 기색이었지만.

"넌 사흘 굶어서 남의 담 안 넘는 놈 없다는 말도 몰라?"

"그 정도로 굶은 적은 없어서 모르겠네."

나는 어깨를 으쓱하며 에이에게 물었다.

"그리고 그 말은 지금 쓰기 좀 이상하지 않냐? 너도 어젯밤에 뭐 좀 먹었으니까."

"그거로 누구 배를 채우는데?! 그건 간식! 간식 수준이었다고!"

폐이의 아침 식사가 간식 수준이라고?

"돼지."

"뭐, 뭐?!"

뇌를 거치지 않고 나온 말에 에이가 두 눈을 번쩍 뜨고 심상치 않은 기운을 흘리며 외쳤다.

"지, 지금 뭐라고 했어?! 돼, 돼지? 지금 나보고 돼지라고 한 거야?! 네가, 나한테?! 말도 안 돼! 지금 누가 누구보고 돼지래? 응? 내가 얼마나 날씬한데! 뒤룩뒤룩 살만 찐 너 같은 뚱땡이하고는 다르단 말이야!"

나는 순간적으로 옷을 벗은 다음 요즘 들어 자리를 잡기 시작하는 잔근육들을 에이에게 직접 보여 주고 싶은 생각이 들었지만, 그거야말로 세상에서 가장 안쓰러운 행동이라는 것을 깨달았다. 이럴 때는 그저 웃는 게 제일이지.

하지만 에이는 그걸 또 다르게 받아들인 것 같다.

조금 전까지만 해도 자신이 믿고 있는 사이비 종교의 교리를 부정당한 광신도처럼 굴던 녀석이 기분 좋게 웃음을 터트렸으니까.

"꺄하하핫♥ 그치? 웃기지? 다시 생각해 보니까 너도 웃기지? 응? 너 같은 뚱땡이♥가 자기 주제도 모르고 감히 나한테 돼지라고 한 게 말이야."

"그래, 그래. 네 말이 맞다."

우리 집에서 가장 돼지에 가까운 사람이 바로 나니까. 눈앞의 에이도 상당히 마른 편이고 말이야.

얼마나 말랐는지, 있는 힘껏 발차기 한번 갈기면 몸속의 뼈들이 모두 와그작 부러질 것 같단 말이야?

그런 일을 벌이기 싫은 난 더 이상 이 화제는 말하기 싫다는 뜻으로 손을 휘저으며 말을 이었다.

"그보다 밥은 다 먹었냐?"

"할 말 없나 봐? 말 돌리는 걸 보니까."

"다 먹었나 보네."

영차.

나는 상을 치우기 위해서 몸을 움직였고, 에이는 기겁해서 손바닥을 내밀며 말했다.

"아, 아직 다 안 먹었어! 뭐가 그렇게 급해?!"

에이의 식사가 끝나기까지는 그 후로 15분이나 더 걸렸다.

아이들이 먹고 남은 것이긴 하지만 그렇게 적은 양도 아니었는데, 깨끗하게 비워진 그릇들을 보니 할 말이 없어지는군.

그와 반대로 에이는 배가 툭 튀어나온 채로 몸을 뒤로 젖히고서 세상 둘도 없이 행복한 미소를 짓고 있었다. 그 모습이 랑이와 닮았다는 생각이 잠깐 들었지만…….

이 무슨 신성 모독!

나는 얼빠진 생각을 지워 버리고 에이에게 밥을 다 먹었으면 빈 그릇들을 싱크대에 가져다 놓으라고 말하려고 했지만.

"후아~♥"

포만감에 젖어 행복해하는 에이의 모습에 살짝 마음이 약해졌다.

그래, 인권은 지켜 준다고 했잖아. 아무리 저 녀석이 밉다고 해도 배가 조금 꺼질 때까지 기다려 주자.

"왜 네가 돼지가 됐는지 알 것 같아."

취소다.

"밥 다 먹었으면 치워."

"응?"

에이는 자기가 무슨 소리를 들었는지 모르겠다는 듯, 제자리에 앉아서 눈만 깜빡깜빡하고 있었다. 나는 그 모습에 머리가 지끈거리는 것을 느끼며 말했다.

"네가 먹었으니까 네가 치워야지. 넌 자기의 일은 스스로 하자~ 알아서 척척척~ 스스로 어린이~ 같은 노래도 못 들어봤냐?"

에이가 살짝 당황해서는 나를 올려다보며 말했다.

"……넌 그런 옛날 노래 어떻게 아는데?"

……그러게 말이다.

"지금 중요한 건 그게 아니잖아."

에이는 입술을 삐죽이고 불만이 가득한 눈으로 나를 올려다보았다. 나는 눈싸움을 피하지 않았고, 이내 에이가 어깨를 으쓱하며 눈을 피했다.

"뭐, 그 정도야 해 줄게. 그래, 맛있는 것도 먹었으니까 말이야♥ 대신 점심때도 기대해도 되는 거지? 응?"

세상에! 생물체 A에게는 협상을 시도할 수 있는 지적 능력이 존재했던 것이다!

새로운 사실을 깨달은 나는 손을 내두르며 말했다.

"그런 말 안 해도 먹는 거 가지고 치사하게 굴지는 않아."

에이가 게슴츠레하게 눈을 뜨고 내게 말했다.

"뚫린 입으로 잘도 말하네? 응? 어제 내 앞에서 3인분을 혼자 꾸역꾸역 먹어 치운 건 기억 안 나? 응?"

"그것도 그러네."

"그것도 그러네~ 가 아니잖아! 진짜 웃겨♥ 완전 벼……."

"그러는 너도 어제 나한테 맞아 죽을 뻔한 건 까먹었나 보다?"

움찔하고 몸이 굳은 에이를 보며 나는 최대한 나래의 상냥해 보이는 미소를 따라 하며 말했다.

"그러니까 말꼬리 잡지 말고, 상이나 치워."

내 말에 에이는 이미 설거지감이 가득 차 있는 싱크대에 빈 그릇들을 차곡차곡 쌓으며 입술을 삐죽였다.

"……무슨 왕이 저래?"

"꼬우면 이겼어야지."

나는 피식 웃으며 말을 이었다.

"허접."

"누, 누가 허…… 아니, 왜 나는 안 되는데?"

"개허접 주제에 바라는 게 많다."

중요하니까 좀 더 강하게 말했습니다.

"너어어어!"

에이는 바른말 고운 말의 제약에 분통을 터트린 후, 자신의 짧은 어휘력을 발휘했다.

"다시 해! 이번에는 격투 게임 말고! 생각해 보니까 내가 격투 게임에는 조금 약해! 그러니까 다른 거로! 이번에야말로 네 코를 납작하게 만들어 주겠어!"

이 녀석, 초점을 잘못 잡은 거 아니냐?

"지금은 나한테 다시 도전할 기회를 달라고 하는 게 맞지 않냐? 그런 게임 같은 거 말고."

내 합리적인 발언에 에이는 조용히 상을 치우는 데 집중했다. 시키지도 않았는데 행주로 밥상까지 닦는군. 나는 조용히 기다리다 에이가 행주를 싱크대 안에 탈탈 털 때 말을 걸었다.

"대답해."

"뭘?"

"아까 물어봤잖아. 왜 다른 건 내버려 두고 게임으로 덤비려는지. 이왕 도전 기회를 달라고 우길 거면 나한테 다시 도전하는 게 나을 텐데."

에이가 인상을 찌푸린 얼굴만 휙 돌려서 내게 말했다.

"넌 왜 그렇게 눈치가 없어? 내가 대답하기 싫어하는 거 티 안 나? 응? 네가 그러니까 우리들한테 인기가 없는 거야. 꺄 하핫~♥"

내가 요괴들한테 인기가 없는 건, 지난 여름날 세희가 유포

한 유언비어가 큰 비중을 차지한다고 생각하지만 그건 일단 넘어가고.

나는 짝다리를 짚고 삐딱하게 에이를 내려다보며 말했다.

"그래서 대답은?"

"그래서~♥ 대답은~♥."

빈정거리며 내 말을 따라한 에이는 바로 정색하고서 말을 이었다.

"제발 그런 것 좀 하지 마! 진짜! 그 얼굴로 개 폼 잡는 거 역겨…… 이 정도는 괜찮잖아! 이런 말도 못 하면 도대체 나 보고 어떻게 하라고!"

에이가 답답하다는 듯 발을 굴렀지만, 어쩌겠냐? 억울하면 계약서에 도장 찍지 말든가.

절대적인 우위의 위치에서 느긋하게 바라보고 있자니, 제 분을 못 이긴 에이가 말했다.

"됐어! 별로 비밀도 아니니까. 그렇게 궁금하면 대답해 줄 게."

"아니, 됐다."

"그야 다시 싸워 봤자 내가 너를 못 이기…… 뭐?"

사람 말을 귓등으로 흘려들은 에이가 뭔가 이상하다고 생각했는지 눈을 동그랗게 뜨고 내게 물었다.

"지금 뭐라고 했어, 너?"

"응? 설거지나 하라고. 다."

"아니, 아니! 지금 그게 아니잖아! 그리고 갑자기 설거지는 왜? 거기다 왜 내가 다 하는데? 내가 먹은 것만이면 모를까?!"

에이가 산더미같이 쌓인 그릇들을 가리키며 소리쳤다.

사람이 많다 보니 한번 밥을 먹으면 설거지감도 많지. 평소 집안일에 열심이신 세희 님과 치이에게 감사의 마음을 가지는 시간을 가지자.

"저기, 오빠야♥ 내 말 듣고 있지? 응? 내 말 듣고 있는 거 맞지? 그러면 설명 좀 해 줄래?"

나는 일부러 영문을 모르겠다는 듯 고개를 갸웃거린 뒤, 아! 하고 소리를 낸 뒤 말했다.

"그래서, 하기 싫어?"

계약서를 꺼내 들고서.

"……아니."

에이는 입술을 삐죽이고 '내가 왜.', '식기세척기도 안 쓰는 거야?', '뭐 이렇게 양이 많아.', '그냥 감옥에 있을걸.' 같은 소리로 투덜거리면서 고무장갑을 끼고 싱크대 앞에 섰다.

나는 그 모습을 옆에서 지켜보았고.

느긋하게.

에이가 저리 가라고 눈총을 주든 나를 보며 괴상망측한 표정을 짓든 신경 쓰지 않고서.

이 자식은 내 시간이 얼마나 소중한 건지 모르고 있을 거다. 너만 없었으면 지금쯤 랑이의 뱃살에 얼굴을 묻고 부비부비 거리거나, 성의 누나의 옆에서 잠깐 낮잠을 즐기거나, 요괴넷 관리에 피폐해진 페이와 같이 논다거나, 킹킹거리면서도 내 옆을 맴도는 아야의 풍성하고 부드러운 꼬리털을 손으로 빗어 준다거나, 식후 산책으로 성린과 바둑이의 목줄을 잡고서⋯⋯.

아니, 제가 잡는다는 건 아닙니다. 목줄은 성린이 잡아요. 자주 놓치지만.

어쨌든.

그런 행복하면서 내 정신 건강을 위해 반드시 필요한 시간을 보내고 있었겠지. 하지만 이 녀석은 자기 때문에 내가 그 많은 것들을 포기했다는 걸 모른다. 알아 주기를 바라지도 않고, 알려 줄 생각도 없지만 말이다.

이건 내 엉망진창이었던 유년기에 제대로 된 마침표를 찍어 주고 싶어서 시작한 일이니까.

그러니까.

"다시 해라."

할 거면 확실하게 해야지.

"뭐어어어?! 갑자기 그게 무슨 소리야? 뭘 다시 해!"

나는 고무장갑을 벗어 싱크대에 걸쳐 놓다가 도끼눈을 뜨고서 믿을 수 없다는 듯 외친 에이에게 말했다.

"여기, 그리고 여기, 또 여기."

방금 헹군 그릇들에 붙어 있는 고춧가루나 밥풀의 흔적 같은 것들을 하나하나 짚어 가면서.

특히 내가 치이에게 선물해 줬던 작은 주걱은 에이의 눈앞에 들이밀면서까지 말이다.

"으―!"

나는 눈앞의 참상에 침음만 흘리며 뭐라 대답하지 못하는 에이에게 말했다.

"아~ 미안. 혹시 여기 붙어 있는 밥풀, 네 비상식량이었냐? 나중에 배고플 때 몰래 먹을 생각이었어? 그럴 필요는 없는데. 말했잖아. 이젠 먹는 거 가지고 치사하게 굴지 않는다고. 점심 먹기 전에 입이 심심하면 간식 줄 테니까, 걱정하지 말고 깨끗하게 설거지하자. 응?"

나는 에이에게 보란 듯이 거치대에 놓여 있는 그릇들을 하나씩 하나씩 천천히 싱크대에 내려놓으며 말을 이었다.

"너도 더러운 건 싫잖아. 그러니까 이왕 할 거, 어? 이왕 할 거면 말이다. 한번에 제대로 하는 게 좋잖아. 안 그래? 그러면 내가 문제 삼을 일도 없고, 너도 감정 상할 일 없고, 일 두 번 할 필요도 없고, 그러면 시간도 절약하고. 안 그래? 내 말 맞지? 그런데 왜 그렇게 표정이 안 좋아? 응? 혹시 내가 틀린 말 했냐? 내가 틀린 말 했냐고 묻잖아. 뭐가 그렇게 불만이야? 아~ 그래, 그럴 수도 있구나. 미안하다. 난 네가 이렇게 더러운 그릇에 밥 먹는 걸 좋아할 거라고는 상상도 못 했어. 그런 줄도 모르고 내가 실수했네. 내가 실수했어. 그래도 말이야. 이건 다른 사람들도 쓰는 거니까 자기만 생각하면 안 돼. 알겠지? 그러니까 설거지 깨끗하게 하면 내가 점심 때 특별히 네가 쓸 밥그릇으로 여물통을 하나……."

"다시 할 거야!"

아직 할 말이 많이 남아 있는데, 에이는 버럭 소리를 지르고 다시 고무장갑을 꼈다.

"다시 하면 되잖아! 그만해! 나도 잘 알겠으니까!"

에이의 눈가에 살짝 눈물이 맺혀 있는 것 같지만, 내가 잘못 본 거겠지. 세상에 이 정도로 울 녀석이 어디 있겠어?

그렇게 생각했지만.

"도자기는 물로 헹구면 뽀득뽀득 소리가 나야 하는데, 이건 얼마나 미끄러운지 위에서 스케이트 타도 되겠다."

"윽!"

"그릇 밑쪽에, 여기, 움푹 파인 곳 있잖아. 여기 기름 묻어 있는 건 밤에 등잔불로 쓰려고?"

"으읔!"

"수저 위쪽 제대로 안 닦은 건 나중에 지문 채취해서 누구 숟가락인지 알아보려고 그러는 거지?"

"으으으으읏!"

이런 말을 하며 몇 번이고 다시 설거지를 시켰더니 지금은 확실히 눈물이 찔끔 맺힌 게 보인다.

이 정도면 충분하겠지.

사실 더 문제 삼을 것도······.

솔직히 없지는 않은데, 집안일에 익숙하지 않은 에이에게 이 이상은 기대해선 안 되겠지. 에이를 먼저 어딘가 치우고 내가 마무리 짓기로 하자.

"흠."

그래서 난 반쯤은 체념하고, 반쯤은 억울한 표정으로 풀이 죽은 채 고개를 숙인 에이의 머리 위에 손을……

이놈의 습관! 가슴께에 올려놓기 좋은 머리가 있으면 일단 손이 가고 보는 이 나쁜 습관!

나는 급히 손을 들어 올려 뒤통수를 긁으며 에이에게 말했다.

"이 정도면……."

이 정도면 됐다. 수고했고. 잘했고. 잠깐 내 방 가서 좀 쉬고 있어라. 난 조금 있다가 갈 테니까.

그렇게 말하려던 순간.

"아우우우? 여기 계셨던 건가요, 오라버니?"

부엌문이 열리고서 부엌의 두 번째 주인이나 다름없는 치이가 안으로 들어왔다.

"아직 부엌에 계신 줄도 모르고 다른 곳부터 찾아보고 있었던 거예요."

"응? 왜? 무슨 일 있었어?"

치이가 에이를 힐끗 본 뒤, 내게 가까이 다가오며 고개를 끄덕였다.

"세희 언니가 슬슬 오전 업무 보실 시간인데 언제까지 놀고 있으실 거냐고 전해 달라고 하신 거예요."

"……그래."

할 거다. 일할 거라고. 내가 에이를 옆에 두고 있다고 해서 업무를 안 볼 수 있을 거란 생각은 애초에 하지도 않았어.

애초에 놀고 있는 것도 아니고!

그보다 평소에는 안방에 번쩍, 내 방에서 번쩍하는 녀석이 왜 치이에게 심부름을 시켰을까.

내가 그런 의문을 품고 치이를 보았을 때.

"그런데 도대체 지금까지 부엌에서 무슨……."

우리 사랑스러운 여동생님은 다른 것을 보고 있었다. 또 다시 고무장갑을 벗어서 싱크대에 걸쳐 놓고 있는 에이를 말이다.

"아우-우-우? 지금 뭘 하고 있는 건가요?"

추켜올라간 눈썹만큼 톤이 변한 치이의 목소리를 듣는 순간 내 등골이 오싹해졌다.

왜지? 지금 치이가 화를 낼 만한 이유가 있나?

설마 에이가 부엌에 있어서?

자신의 주방에 타인이 들어서는 것을 싫어하는 주부가 있다는 건 들어 본 적 있지만, 그랬다면 들어오자마자 화를 냈겠지.

아니, 아니지. 조금 다르게 생각해 볼 수 있구나. 치이에게 에이는 당장이라도 우리 집에서 내쫓고 싶은 불편한 아이. 그런 애가 부엌에서 설거지를 하고 있다는 것 자체에 기분이 상할 수도 있…….

"당신은 왜 고무장갑을 싱크대에 걸쳐 놓는 건가요! 고무장갑을 썼으면 제대로 고리에 걸어 놔서 말려야 하는 거예요!"

직접 물어볼 걸 그랬군.

그래서 나는 슬쩍 옆으로 몸을 비켜서서 치이와 에이 사이를 틔웠다. 아니, 치이의 매서운 눈빛에서 튀었다고 해야 할까.

그런데 정작 고된 설거지에 지쳐 있던 에이는 치이가 자신에게 화를 내고 있다는 사실을 뒤늦게 깨닫고는 어리둥절한 표정으로 손가락으로 자신을 가리키며 말했다.

"나? 지금 나한테 말한 거야?"

그 대답이 치이에게 어떻게 받아들여졌을지는 말 안 해도 알겠지.

"그러면 당신 말고 누가 있는 건가요?"

에이의 시선이 팝콘을 찾고 있던 내게 향했다. 그 모습을 본 치이의 귀 윗 머리카락이 하늘로 붕 떠서 내려올 생각을 하지 않았다.

"제가 왜 오라버니한테 그런 말…… 꺄우우우!"

말을 하던 치이는 뭔가를 본 뒤, 사용한 지 오래된 밥통을 열었는데 안에서 곰팡이가 핀 쉰밥과 벌레 무리가 튀어나오는 것을 봤을 때나 지를 법한 비명을 토해 내고서 빠르게 움직였다.

"뭐, 뭐야?"

치이가 가는 방향에 서 있던 에이는 당황해서는 뒤로 물러났지만, 치이는 에이에게 신경도 쓰지 않고 거치대에 놓인 그릇들과 조리 도구들을 보며 외쳤다.

"당신은 도대체 설거지를 어떻게 한 건가요?!"

……뭐, 뭐지? 뭔가 문제라도 있나?

치이의 서슬 퍼런 항의에 당황한 건 에이만이 아니었다. 이 녀석이 하는 설거지를 옆에서 지켜보고, 이쯤 하면 됐다고 통과시킨 게 바로 나니까.

처음에는 치이의 격한 반응에 놀라서 움찔했던 에이도 이내 그 사실을 떠올렸는지 기세를 되살리고서 치이에게 말했다.

"잠깐만, 너, 그렇게 말해도 되겠어? 응?"

"제게 할 변명이라도 있는 건가요?"

"응, 있어. 있고말고♥"

에이는 때는 이때다 하고 거치대에 놓여 있는 밥주걱을 손에 쥐고서 까딱까딱 치이를 가리키며 신나게 말을 이었다.

"네가 엉망으로 했다고 한 설거지♥ 사실 네가 오라버니라고 부르는 우리 요괴의 왕님이 이 정도면 됐다고 말했던 거거든? 그건 알고 있어? 응?"

그 모습을 보고 눈에서 불똥이 튄 치이가 입을 악물고 고개를 획 돌려 나를 바라보았다. 그런 치이의 모습이 에이가 보기에는 중간에 내가 끼어서 당황한 것처럼 보였나 보다.

"잘 알았지? 그러니까 불만이 있으면 저쪽에 대고 말해. 나는 시키는 대로 했을 뿐이니까. 네가 할 수 있다면 말이야. 꺄하하핫♥"

너 나중에 두고 보자.

내가 그렇게 생각했을 때.

치이가 목소리 높여 나를 불렀다.

"오라버니!"

"으, 응?"

"오늘은 부엌에 들어오지 말라고 하셔서 걱정이 이만저만이 아니었지만, 그래도 오라버니를 믿었던 거예요."

……그걸 믿었다고 해도 되는 거니? 오히려 가장의 권위를 지켜 주기 위해서 걱정스러웠지만 내 말을 따라 줬다고 해야 하는 게 맞지 않을까?

하지만 나는 소중한 목숨을 지키기 위해 입을 다물고 있었다.

"그런데 지금 뭘 하신 건가요? 에이한테 설거지를 시킬 생각이셨으면 세희 언니나 나래 언니, 최소한 저는 부르셔야 했던 거예요."

그렇게 말한 치이는 힐끗, 아주 짧은 순간 에이에게 눈을 흘긴 뒤 말을 이었다.

"오라버니는 집안일을 못하시니까요! 그런 오라버니가 누군가를 감독한다는 건 언어도단! 언어도단인 거예요!"

"그, 그래."

그런데 왜 비수는 내 가슴에 꽂히냐.

"가족이 입에 대는 식기인 거예요. 최대한 깨끗하게 관리해야 하는 거라고요. 그런데 설거지를 한 뒤에 물기가 남아 있는 그릇을 아무렇지 않게 둔 걸 보고서도 왜 그냥 놔두신 건가요?"

응? 그러면?

뭐가 문제인지 모르겠다는 내 생각이 그대로 표정에 드러났
는지, 치이는 깊은 한숨을 통해 가슴 속에서 들끓고 있는 복
잡한 감정을 내뱉고서 말했다.

"설거지를 한 다음에는 종이 행주로 물기를 닦아 내야 하는
거예요. 그래야 물비린내가 나지 않는 거예요."

"엣."

설거지를 하고 나서 행주로 그릇을 닦는 집도 있다는 건 나
도 알고 있다. 하지만 나는 아니다. 랑이와 만난 후에는 부엌
에 서지도 못했고.

그래서 나는 치이에게 물어보았다.

"그렇게까지 할 필요 있어?"

"저희는 그렇게까지 해 왔던 거예요. 매일매일, 한 번도 빠
지지 않고요."

목소리에 힘을 준 치이가 에이에게 다가가 손에 들린 주걱
을 빼앗고서 어깨를 밀었다.

"어? 밀었어? 지금 날 민 거야?"

어이없어하는 에이를 완벽하게 무시하고, 치이는 자기 손에
딱 맞는 주걱을 종이 행주로 정성스럽게 닦으며 말을 이었다.

"……물비린내가 나는 이유는 세균 때문인 거예요. 그것 때
문에 혹시라도 오라버니께서 탈이 나면 안 되니까요."

그렇게 말씀하시면 제가 할 말이 없지요!

미안하다! 치이야! 내가 너무 생각 없이 말했구나!

감정이 복받쳐 오른 나는 두 팔을 벌려 치이를 끌어안아 주려 했지만.

"아직 끝난 거 아닌 거예요."

권투 선수처럼 날렵한 움직임으로 포옹을 피한 우리 여동생님은 그렇게 호락호락한 분이 아니셨다.

"그리고 당신은 뭔가 오해를 하고 있는 것 같은 거예요."

특히, 자신의 둥지를 위협하는 존재에게는.

"오라버니는 오라버니예요. 임금님이 되시기 전부터 제 오라버니였던 거예요. 그런데 제가 오라버니한테 이런 말도 못할 것 같다고 생각한 건가요?"

그렇게 쏘아붙인 치이는 이내 고개를 가로저은 뒤 말을 이었다.

"아니, 이런 말을 하는 것도 의미 없는 거예요. 그러니까 아무 말도 하지 않아도 되는 거예요. 당신이 지금까지 마음을 터놓고 말할 수 있는 상대가 한 명도 없었다는 건 지금 그걸로 충분히 알 수 있었던 거니까요. 아우우우, 생각해 보니 조금 불쌍해지기 시작한 거예요."

처음 보는 치이의 모습에 나는 당황할 수밖에 없었다. 치이가 이렇게 사람을 조곤조곤 말로 패는 걸 잘했어? 설마 세희 때문인가? 세희하고 같이 집안일을 하다가 물들어 버린 건가?

……사실 치이를 처음 만났을 때를 생각해 보면 그다지 이

상한 건 아니지만, 나한테 대놓고 손가락질을 하며 로리콘 변태라고 말한 게 치이였잖아.

하지만 평소 치이의 모습을 알지 못하는 에이는 다른 쪽에 더 중점을 두었다.

"뭐야, 너? 짜증 나. 뭘 그렇게 아는 척을 해? 너, 나 알아? 응? 처음 보는 사이에 말야. 재수 없어. 아, 맞다! 나한테 친구 없다고 한 거, 사실 네 이야기 아냐? 꺄하하핫!"

에이는 날이 바짝 서 있었지만 치이는 기죽지 않았다.

"저한테는 폐이가 있고, 랑이도 있고, 아야도 있고, 나래 언니도 있고, 바둑이도 있고, 성린이도 있고, 무엇보다 오라버니께서 계시는 거예요."

오히려 에이에게 반론했다.

"당신에게도 저와 오라버니처럼 무슨 일이 있어도 서로를 믿고 의지할 수 있는 상대가 있다면, 한번 말해 보는 거예요. 그러면 제가 잘못했다고 사과하는 거예요."

아무리 에이가 인격 파탄에 재수 없는 녀석이라 해도 그럴 사람 한 명 정도는 있지 않겠어? 영 생각이 안 난다면 부모님이라도 말하겠지.

"……!"

하지만 에이는 그 누구의 이름도 말하지 못했다. 그저 주먹을 움켜쥐고 분한 듯이 치이를 노려보다, 결국 화를 터트리기만 했을 뿐.

"내가 왜? 내가 왜 네 말을 들어야 하는데?"

"오라버니한테 그렇게 처참하게 졌으면서 무슨 말을 하는 건가요?"

"너한테 진 건 아니야!"

그 말에 치이의 눈동자가 번쩍 빛나는 듯한 기분이 들었다.

마치, 그 말만을 기다렸다는 듯이.

"그러면 요괴답게 한판 붙어 보는 거예요."

……헐?

나는 상당히 호전적인 태도의 치이의 모습을 보고 크게 놀랐다. 페이의 온갖 장난에도 발이 먼저 나가는 경우가 없는 치이다. 그런 치이가 에이에게 먼저 시비를 걸 줄은 상상도 못 했던 일이다.

역시 에이가 저지른 짓이 큰 건가.

그것도 두 번이나.

"그런다고 내가 못 할 것 같아?"

하지만 그건 그거고 이건 이거다.

나는 만에 하나 치이가 다치는 일을 막기 위해 둘을 말리기로 했다.

"오라버니는 지켜봐 주시는 거예요."

하지만 그런 생각은 밥주걱을 든 채 고개를 젓는 치이를 보자 머릿속에서 사라졌다. 조금 전에 치이가 나를 보고 믿고 의지할 수 있다고 말했는데, 내가 치이를 믿어 주지 않으면 어떻게 하겠어.

치이도 뭔가 생각이 있으니까 에이한테 싸움을 건 거겠지.

"그래."

그렇게 해서 대낮의 마당에서 치이와 에이의 대결이 벌어지게 되었다.

의외인 건 치이와 에이의 대결을 보러 나온 가족이 단 한 명밖에 없었다는 거다.

[팝콘 줌?]

확실한 건, 이 녀석도 치이가 걱정돼서 나와 본 건 아니라는 거지.

"아니, 됐다."

나는 손을 저으며 페이의 배려를 사양했다.

밥 먹은 지 얼마나 됐다고 팝콘이 들어가겠어? 그보다 넌 아직 날이 추운데 바깥에서 팝콘 먹을 생각을 잘도 하는구나.

그렇게 빵을 많이 먹고.

"그보다 넌 걱정 안 되냐?"

[요괴넷 관리? 흑호 님 덕분에 한동안은 괜찮음.]

나는 눈을 가늘게 떴고 페이는 미소를 지으며 손을 흔들어 자기가 쓴 글을 지웠다.

[농담임.]

페이가 마루에 걸친 다리를 앞뒤로 흔들며 글을 썼다.

[성훈이야말로 뭘 걱정함?]

"그걸 몰라서 묻냐?"

치이가 나서지 말라고 했으니까 지금까지 가만히 있었지만 말이야.

"아우우우, 시작 전에 몸부터 푸는 걸 추천하는 거예요."

"꺄하하핫! 몸부터 풀라니, 개웃겨♥ 왜? 차라리 국민 체조를 하겠다고 하지? 응?"

그래도 눈앞에서 이리저리 준비 운동을 하고 있는 치이를 보고 있자니 걱정이 안 될 수가 없다.

그보다, 치이야. 진짜로 국민 체조하는 거니?

"푸흡! 촌스러워! 너 말야, 뭐 그렇게 진심인데? 응? 그러면 이길 수 있을 것 같아? 새 요괴 따위가, 날? 꺄하하핫♥ 주제 파악이나 해. 약해 빠진 애가."

그 모습을 보며 에이가 웃음을 터트리고서는 입을 털었, 아니, 시비를 걸었지만, 치이는 부끄러워하는 기색도 없이 더없이 진지한 표정으로 체조를 계속했다.

그런데 그 모습을 보고 페이가 팝콘을 씹고 콜라를 마시면서 글을 썼다.

[아, 위험함. 영어로는 danger.]

이렇게 위험하지 않게 느껴지는 경고가 세상에 또 어디 있을까.

덕분에 여유를 되찾은 나는 페이의 머리에 왼팔을 올리고서 오른손으로 팝콘을 몇 알 뺏어 먹으며 말했다.

"뭐가?"

페이는 머리를 움직여 자연스럽게 내 팔이 자신의 어깨에, 손이 자신의 가슴에 오게끔 만들고서 품에 파고들고서는 몸을 기대며 글을 썼다.

[치이, 진짜 화난 것 같음.]

"……응?"

치이가 진심으로 화난 모습을 몇 번 봐 온 나이기에 페이가 쓴 글을 이해할 수 없었다.

오히려 지금은 화난 것보다는…… 그 뭐였지? 설명하기 좋은 말이 있었는데?

[저건 사냥 준비하는 모습임.]

아, 그래, 그거다! 사냥! 사냥이었어!

"……잠깐. 사냥?"

여기서 사냥이 왜 나와?

[그래서 성훈이 못 본 거임. 치이가 아무리 화가 났어도 우리를 사냥할 리가 없지 않슴?]

나름 납득되는 이유이기에 고개를 끄덕인 내게 페이가 글을 이어 썼다.

[그것보다 그거 앎? 까치는 자기 영역에 허락받지 않은 누군가가 들어오면 성격이 나빠지는 새임. 출처는 요괴 위키.]

야, 넌 요괴만 들어가면 다인 줄 아냐?

"치이는 까치 요괴지, 까치가 아니잖아."

내가 할 말은 아니지만.

[그렇다고 근본이 어디 가겠음?]

"……그것도 그러네."

[쟤가 우리 집에 머무는 걸 가장 반대했던 게 치이임. 그래도 성훈을 봐서 참기로 했는데, 쟤가 시비를 건 게 분명함. 안

그러면 피도 안 섞인 오빠니까 뭘 해도 OK 상태인 치이가 이런 일을 벌일 리가 없음.]

나는 뒤의 글은 가볍게 무시하고 앞쪽에 집중했다.

'에이가 먼저 시비를 걸었다.'라.

에이가 설거지를 엉망으로 끝냈던 것, 아, 물론 치이의 기준에서 하는 말이다.

그것 때문에 치이가 화가 난 건 사실이다.

하지만 페이의 글을 토대로 생각해 보면 아무래도 이 싸움은 다른 이유로 벌어진 것 같은데, 나는 대체 그게 무엇……

"아."

있었다.

내가 보기에는 아주아주 사소한 일이었지만, 치이에게는 조금 다르게 받아들여질 수도 있는 일이.

[역시 뭔가 있었음.]

"그게 말이다. 별건 아닌데……."

나는 페이에게 간단하게 부엌에서 있었던 일을 설명했다.

에이가 내가 선물해 준 주걱을 들고서 치이를 도발했다는 이야기를.

페이는 치이가 몸을 쭉 펴고 스트레칭을 하는 모습을 보며 내 이야기를 묵묵히 듣더니 대수롭지 않다는 듯 글을 썼다.

[정말 별거 아닌 듯.]

"……그러냐?"

나는 치이의 가장 오랜 친구의 확답에 마음의 안정을 찾으려 했다.

[ㅇㅇ. 다른 사람한테는.]

역시나 별 의미 없었지만.

[쟤, 오늘 죽는 거 아님?]

"아니, 그 전에 치이를 걱정해야 하는 거 아냐?"

다들 알겠지만 치이와 페이는 우리 집에서 힘이 약한 편에 든다. 나를 제외하면 최하위겠지. 그 사실을 알고 있는 나는 조금 전에 에이가 한 말을 무시할 수 없었다.

[???]

그런데 내 말을 들은 페이는 영문을 모르겠다는 듯 머리 위에 물음표를 몇 개나 띄워 놓고 고개를 갸웃거렸다.

[성훈은 지금 무슨 말을 하는 거임?]

음.

나는 잠시 이런 말을 하면 페이의 마음에 상처를 주는 게 아닐까 고민해 본 뒤, 그런 일은 없을 거란 결론을 내리고서 야 말했다.

"아니, 너희들 약하잖아."

에이는 허접이라는 말을 듣고 길길이 날뛰었으니까.

"거기다 저 녀석은 자기가 당연히 이길 것처럼 굴고 있고. 그런데 내가 어떻게 걱정이 안 되냐?"

[아.]

그제야 내가 뭘 걱정한 건지 깨달은 페이가 느긋~ 하게 두 다리를 쭈욱 펴며 글을 썼다.

[확실히 까치하고 까마귀 요괴는 약함.]

그리고 그대로 마당에 내려서며 글을 마무리 지었다.

[하지만 우리가 약한 건 아님.]

그게 무슨 소리냐고 물어보려고 할 때.

"꺄악!"

단발마의 비명소리가 들려왔다.

방향은 마당. 목소리의 주인은 에이였다.

깜짝 놀란 나는 급히 고개를 돌렸다. 마당 한가운데에는 치이가 다리 한쪽을 들어 올린 채 서 있었다.

에이는 그 앞에 없었다. 나는 조금 더 넓게 봤다. 그제야 마당을 구르다가 상당히 아크로바틱한 자세로 기절해 버린 에이를 볼 수 있었다.

……저 녀석, 목 괜찮을까.

[10점 만점에 9.5점. 에로 점수를 높게 쳐줬지만, 연기자가 맘에 안 듦.]

넌 지금 나하고 같은 걸 보고 있는 것 맞냐?

"후우우우……."

그런 상황에서 치이는 다리를 내리고 숨을 내쉬며 호흡을 정돈했다.

"별것도 아닌 게 까부는 거예요."

치이가 무사한 걸 확인했으니, 이제는 상식을 재정립할 시간이 필요하겠군.

"……페이야."

[ㅇㅇ?]

"설마 너희들, 요괴들 중에서 강한 편이냐? 아니, 아니지."

나는 머리를 흔들고, 말하다가 떠오른 생각을 페이에게 물어보았다.

"너희들, 예전보다 세졌냐?"

내 말에 페이가 어이없다는 표정으로 바라보다, 팝콘을 한 움큼 입에 넣고서는 글을 썼다.

[그러면 랑이 옆에서 영약이나 다름없는 음식들을 몇 달이나 먹었는데, 계속 약하게 있을 것 같았음?]

"너희가 무슨 무협지 주인공이야?!"

[농담임.]

먹을 때는 건드리지 말라는 옛말을 무시해야 할까 고민하고 있는 나를 보고는 페이가 급히 글을 이어 썼다.

[하지만 거짓말은 아님. 주변에 대요괴가 가득한데, 그 영향을 안 받을 수가 없잖슴? 거기 적응하다 보니 요력을 다루는 기술이 는 건 사실임.]

"……그러냐?"

고개를 끄덕인 페이가 글을 썼다.

[그리고 무엇보다.]

페이가 손을 들어 이제는 중력의 영향을 받아 무너져 내린 에이를 가리키며 글을 썼다.

[쟤가 존…….]

나는 '존'을 보자마자 재빠르게 페이의 글을 연기로 흐트러

뜨린 뒤 말했다.

"너, 나래하고 다시 예절 공부하고 싶냐?"

[……조금 불쌍할 정도로 약함.]

급히 단어를 바꾼 페이가 글을 이어 썼다.

[어쨌든 무슨 생각으로 성훈에게 덤빈 건지 이해하지 못할 정도임. 성훈은 뭐 아는 거 없음?]

그리고 페이는 나를 올려다보았다.

그 자줏빛 눈동자는 내게 묻고 있었다.

하지만 나는 의도적으로 시선을 돌리고서 어느새 마음에 안 드는 녀석까지 배려할 줄 알게 된 페이의 머리를 헝클어 준 뒤.

[?!?!]

불만이 가득 담긴 글을 손으로 지워 버리고 치이에게 다가 갔다. 치이는 내가 다가오는데도 눈을 돌리지 않고 차가운 눈 빛으로 꼴사납게 기절해 있는 에이를 노려보고 있었다.

뭔가 말을 걸기 힘든 분위기지만 내가 언제 그런 거 생각하 며 살았냐.

"수고했어, 치이야. 혹시 몸에 무리가 갔다거나 어디 다친 덴 없지?"

"아, 오라버니. 전 괜찮은 거예요."

하지만 치이의 표정은 좀처럼 풀릴 기미를 보이지 않았다.

"왜 그래? 마음에 걸리는 거라도 있어?"

"아우우우, 별건 아닌 거예요. 그냥……."

치이가 발끝으로 땅을 툭툭 치며 말을 이었다.

"조금 차는 맛이 없었던 거예요."

"……"

나는 아무 말 없이 슬쩍 뒤로 물러서서 만세를 불렀다.

"살려 주세요."

"꺄우우우! 그런 뜻이 아닌 거예요!"

"그럼 뭔데?"

치이가 귀 윗 머리카락을 격하게 파닥이며 말을 이었다.

"그런 거 있는 거잖아요. 축구에서 슛을 할 때, 발끝에 공이 살짝 스치는 그런 느낌이었던 거예요."

체육 시간이든 점심시간이든 같이 놀 친구가 없었던 나로서는 공감할 수 없는 예시였다. 그렇다고 이해까지 못한 건 아니지만.

"뭔가 좀 이상했다, 이거지?"

"아우우우, 그런 거예요. 그러니까 조금 확실하게 해야 할 것 같으니까 물러나 계시는 거예요."

그렇게 말한 치이는 기세를 풀지 않고 주의 깊게 에이를 경계하며 한 발자국 앞으로 내딛었다. 아무래도 에이를 확인 사살, 아니, 확인 기절을 시킬 생각인 것 같다. 이미 에이가 거짓 기절을 하는 모습을 본 적 있는 나는, 치이의 결정이 틀리지 않다고 생각한다.

만약, 이게 승자 한 명만이 살아남을 수 있는 잔혹한 대결이었다면 말이지.

우리 집 마당에서 그런 끔찍한 대결이 벌어질 리가 없고, 이건 어떻게 봐도 치이의 승리로 끝난 상황이다.

"뭘 확인까지 하고 그래? 이겼으면 됐지."

그래서 난 치이의 어깨를 잡아 멈춰 세웠다.

"아우-우-우?"

하지만 치이는 몸을 움찔 멈춰 세웠을 뿐, 눈은 여전히 에이에게 향한 채 말했다.

"오라버니, 이런 일은 제대로 끝장을 내야 후환이 없는 거예요."

끝장을 낸다니, 누구 한 명 죽이게?

마음씨 착한 치이가 그럴 리 없다는 건 나도 잘 알지만, 그렇다고 내가 선물한 주걱으로 자신을 도발한 에이를 쉽게 봐줄 생각은 없어 보인다.

마음 같아서는 '우리 치이, 하고 싶은 거 다 해!'라고 외치고 싶지만, 그럴 수 없다는 게 참으로 슬프다.

그 뒤로 에이의 앞에서 순번을 기다릴 가족들이 한두 명이어야지.

그래서 나는 치이를 말리는 방법을 생각해 보았다.

순식간에 세 개 정도 떠오르긴 했는데, 그 끝이 모두 좋지 않을 것 같아서 망설여지네.

[영차.]

그때, 마루에서 내려온 페이가 팝콘을 씹으며 나와 치이에게 다가와 글을 썼다.

[이해 바람. 치이가 요즘 성훈하고 많이 못 놀아서 스트레스가 많이 쌓여 있음.]

그래, 그 세 가지 방법 중에는 지금 페이가 하는 것처럼 치이의 관심을 자신에게 돌리는 것도 있었다.

이런 걸 흔히 인터넷에서는 '어그로를 끈다.'고 말하지.

"……."

페이의 글을 읽은 치이는 언제 그랬냐는 듯 에이에게 향한 관심을 싹 거두고 페이를 노려보았다.

[내가 틀린 말 했음?]

"…………."

소꿉친구의 따스하다 못해 산천초목 위에 쌓인 눈이 모두 녹아내릴 정도로 뜨거운 관심을 받은 페이는 양 갈래 머리카락을 빙빙 돌리다가 스윽 내 등 뒤로 숨은 뒤 떨리는 연기로 글을 썼다.

[성훈 실드임.]

그 방패로 막을 수 있는 게 이 세상에 몇 개 없다는 건 알고 있냐? 하지만 페이 덕분에 분위기가 조금 가벼워진 것도 사실이기에, 나는 이번만은 방패 역할을 성실히 수행하기로 했다.

"어? 정말? 치이야, 그랬어?"

치이는 내 뒤에 있는 페이에게 한번 눈을 흘긴 뒤, 나를 올려다보며 말했다.

"그런 거 아닌 거예요. 착각하시면 곤란한 거예요."

"그래, 그래."

나는 능글맞게 웃으며 치이에게 말했다.

"요즘 이런저런 일 때문에 바빠서 같이 놀 시간이 준 것도 사실이니까."

"아우우우, 그러니까 그런 게 아니라고 한 거예요."

"미안해, 치이야. 우리 치이가 아직 오빠의 사랑과 관심이 필요한 나이라는 걸 깜빡하고 말았네."

나는 치이를 향해 두 팔을 벌리며 말했다.

"자! 우리 치이! 오랜만에 오빠랑 찌인하게~ 포옹 한번 해 보자!"

"꺄우우우! 아니라고 몇 번을 말해야 하는 건가요!"

이미 에이에 대해서는 모두 잊은 듯, 귀 윗 머리카락을 격하게 파닥이며 소리 높여 외치는 치이를 보자니 마음이 훈훈해진다. 내 등 뒤에 숨어서 연기로 엄지를 척 세우는 페이도 같은 생각인 것 같고.

다만.

"도련님, 이거 먹어도 되는 거예요?"

기절해 버린 마당의 불청객을 앞발로 툭툭 치는 바둑이만은 조금 생각이 다른 것 같다.

* * *

바둑이의 간식거리가 될 뻔한 에이를 허리에 끼고서 방에

들어간 나를 반겨 준 건 외출복을 입은 세희였다.

뭐, 외출복이라고 해서 평소와 크게 다를 건 없지만. 목에
건 목도리와 손에 낀 검은색 가죽 장갑 정도?

하지만 내게는 세희가 외출복을 입었다는 사실이 크게 다
가왔다. 내가 업무를 보려면 세희의 도움이 필수니까.

"응? 너, 어디 가냐? 그러면 난 일 어떻게 하라고?"

나는 그렇게 말하며, 아침에 갰지만 어째서인지 방바닥에
펼쳐져 있는 이불 위에 에이를 내려놓았다.

아무리 그래도 정신을 잃은 녀석을 딱딱한 방바닥에 눕혀
놓는 건 좀 그러니까. 세희도 내가 그럴 줄 알고 일부러 장롱
에서 이불을 꺼내 놨을 테고.

안 그래?

"오늘은 업무를 쉬시고 그 시간에 푹 주무시라는 의미였습
니다만."

"……진짜?"

"그걸 또 믿으시는 겁니까?"

사람은 기적이라 불리는 한 줄기 희망에 모든 것을 걸고 앞
으로 나아가야 할 때도 있는 법이다.

나에게는 지금이 바로 그때다.

하지만 세희는 갑자기 체크무늬 숄을 어깨에 두르고서 세
상만사 포기한 듯한 지친 표정을 지으며 말했다.

"일어나지 않으니까 기적이라고 하는 것입니다."

"아니, 일어날 가능성이 조금이라도 있으니까 기적이라고

하는 거다."

내 말에 세희가 크게 놀랐는지 두 눈을 랑이처럼 뜨며 말했다.

"어떻게 주인님께서 그 말을 알고 계시는 겁니까?"

"응? 나 말고 다른 사람이 했던 말이었어?"

나는 그냥 기적을 부정하는 말이 마음에 안 들어서 반박해 본 건데. 내가 걸어왔던 길들은 모두 기적 같은 일들의 연속이었으니까.

"……역시 미연시 주인공과 라노벨 주인공끼리는 통하는 게 있는 겁니까."

내 대답에 세희는 뭔가 알겠다는 듯 고개를 끄덕였다. 저 모습을 보니 조금 전에 한 말도 게임이나 만화에서 나왔던 대사였나 보군.

소매에서 체크무늬 숄을 꺼내 어깨에 둘렀을 때 눈치챘어야 하는 일이지만, 어쨌든!

나는 자연스럽게 의자에 앉으며 세희에게 말했다.

"그것보다, 밖에 볼일 있어?"

세희가 공손하게 두 손을 앞으로 모으고서 내게 말했다.

"전에도 말씀드렸던 것 같습니다만, 귀한 분께서 다시 한번 저에게 면담을 요청하셨기에, 잠시 외유를 다녀와야 할 것 같습니다."

"중요한 일이야?"

"걱정하실 것 없습니다, 주인님."

세희가 한쪽 입가를 쓰윽 올리며 말을 이었다.

"명분은 저희 쪽에 있으니까 말이죠."

"그건 제대로 된 대답이 아닌 것 같은데."

"그건 주인님께서 생각하시기 나름입니다."

그래서 다른 쪽으로 생각해 보니 세희의 말이 맞았다. 힘의 논리를 사용할 줄 아는 세희가 명분을 따질 정도의 일이면 중요한 일일 테니까.

"그러면 오늘은 쉬어도 되는 거지?"

세희가 눈살을 찌푸리며 말했다.

"제가 없으면 이런 간단한 일 하나도 제대로 못 하시는 겁니까."

"응."

뭘 당연한 걸 묻고 있어?

"그래서 내가 그 고생을 했던 거 아니냐."

내 말에 세희가 살짝 목을 가다듬고 노래를 부르기 시작했다.

"아아~♬ 고귀하셔라~♬ 강성훈 대왕님~♬"

그 정신 나간 노래를.

"그만해."

음은 좋으니까 가사라도 좀 바꾸든가.

나는 그런 잡스러운 생각을 머릿속에서 지워 버리고 책상을 툭툭 두드리며 말했다.

"하지만 사실이잖아. 네가 없으면 일단 내가 처리해야 할 서

류부터가……."

쿵.

말을 마치기가 무섭게 허공에서 서류 더미가 책상 한쪽으로 떨어졌다. 양은 그리 많지 않지만, 그 위에…… 어, 그러니까…….

"사람들은 이것을 문진이라고 부르기로 약속했습니다, 주인님."

서예라곤 초등학생 때 해 본 게 다인 내가 그걸 어떻게 기억하고 있어?

어쨌든, 지금 당장이라도 세상을 호령할 것처럼 기세 넘치는 호랑이 한 마리가 멋지게 조각된 커다란 문진 때문에 소리가 좀 크게 난 것 같다.

"하지만 그 역시 지금 상황과는 상관없는 잡념이라 할 수 있습니다."

"나도 안다."

내가 처리해야 할 서류는 지금 눈앞에 생겨났지만, 문제가 하나 더 있다.

내가 아직 요괴의 왕으로서 홀로 설 수 있을 만한 능력이나 경험이 모자라다는 거지. 나는 아직 17살. 내가 국사에 대해서 잘 모르긴 하지만, 조선 시대에도 이 나이 때에는 대리청정(代理聽政)…….

"수렴청정(垂簾聽政)입니다, 주인님. 대리청정은 왕이 정사를 제대로 돌보기 힘들 때 후계자가 대신 정사를 보는 것을 뜻하는 겁니다."

그렇게 말한 세희의 입꼬리가 슬쩍 올라갔고, 나는 당황해서 급히 대꾸했다.

"어, 어쨌든! 아직은 나 혼자 판단하고 결정짓는 건 좀 불안하단 말이야!"

"흐음……."

세희가 싸늘해진 눈빛으로 나를 내려다보았다.

나도 안다. 지금 내가 한 말이 어린아이의 떼쓰기와 별반 다를 게 없다는 사실은. 그래서 나는 세희에게 두 가지 타협안을 제시했다.

"최소한 내가 너한테 이런저런 의견을 물어볼 수는 있어야 해. 그러니까 볼일이 있어서 나갈 거면, 오늘 할 일은 네가 돌아오고 나서 시작하거나, 그것도 안 되면 네 인형이라도 붙여주라."

냥이와 나래에게 부탁하는 방법도 있지만 냥이는 아직 몸 상태가 안 좋은 것 같으니까 무리.

……그때처럼 비상사태도 아닌데 내 일을 도와줄지도 의문이지만, 넘어가고.

나래는 곰의 일족 일 때문에 바쁘니까 안 된다. 애초에 내게 오는 서류는 나래의 손을 한번 거치기도 했는데, 여기서 어떻게 더 도와 달라고 말하겠어?

그러니까 이 정도면 꽤 괜찮은 방법 아니냐? 응?

그렇게 눈빛으로 물은 내게 세희가 말했다.

"주인님께서 저를 그렇게나 믿고 의지해 주시는 것은 정말로 감사합니다만."

'응, 아니야.'라고.

"그런 말씀은 다른 듣는 귀가 없을 때, 저한테만 해 주셨으면 좋겠습니다."

그렇게 말한 세희는 슬쩍 몸을 피해 섰다.

"말씀드렸다시피, 저희는 의외로 질투심이 강하니까 말이죠."

그 뒤에 보이는 건 옅은 그림자가 드리워진 방문이었다. 그 윤곽만 보고도 방 밖에 서 있는 사람이 누구인지 알아보는 것은 너무나 쉬웠다.

머리에 툭 튀어나온 동물 귀가 없고, 뒤에는 살랑거리는 꼬리도 없으며, 치마폭이 넓지도 않고, 키가 크지도 않으면서, 바른 자세로 단정하게 서 있을 법한 소녀는 우리 집에 한 명밖에 없었으니까.

"……실례하겠어요."

그렇게 문이 열리며 소희가 방 안으로 들어왔다.

얼굴 가득 불만이 찬 모습으로.

"어, 어…… 응."

그 모습에 당황해서 뭐라 제대로 된 말도 못 하고 있을 때.

세희가 나를 향해 허리를 깊게 숙여 인사한 뒤 말했다.

"가진 바 능력에 한해서, 그 누구보다 주인님의 신뢰를 받고 있는 저를 대신할 자가 이 세상에 누가 있겠냐만은, 다행스럽게 소희 님에게도 몇 가지 재주가 있습니다. 그러니 오늘은 소희 님께서 주인님의 업무를 보좌하는 것을 허락해 주셨으면 합니다. 비록 주인님께서 보시기에 제가 다루는 인형보다 못 미더워 보일지도 모르겠지만 말이죠."

아니, 말이 아니라 비수구나.

나는 두 주먹을 불끈 쥔 소희를 보며 허둥대면서 외쳤다.

"야, 내가 언제 그렇게 말했냐? 나는 단지……."

"괜찮아요, 성훈 씨. 저 또한 성훈 씨가 세희 님을 얼마나 믿고 계신지 알고 있으니까요."

그 말도 소희의 얼음처럼 차갑지만 그 안에 푸른 불꽃을 품은 목소리에 먹혀 사라졌지만.

어느새 부채를 펴서 눈 밑을 가린 소희가 말했다.

"지금 세희 님이 제 앞에서 성훈 씨에게 짓궂은 장난과 실없는 농담을 하신 건, 그를 통해 자신이 성훈 씨와 긴밀한 신뢰를 형성하고 있다는 사실을 제게 과시하고 싶었기 때문이라는 것도 말이죠."

한 걸음 앞으로 다가오며 탁! 소리가 나게 부채를 접은 소희의 표정은 평소와 다른 게 없었다.

그 눈빛이 평소보다 두 배로 날카로운 거 빼고.

"그럴 리가 있겠습니까, 소희 님."

그와 달리 세희의 눈매는 달처럼 곱게 휘어 있었다.

"주인님께서 자신의 업무에 도움을 줄 수 있다 생각하시는 분이 저를 제외하면 나래 님과 냥이 님 정도밖에 없다는 사실은, 아직 미숙하여 자신의 오성을 십분 발휘하지 못하는 소희 님이라 할지라도 쉽게 알 수 있지 않겠습니까? 그런데 제가 어찌 그런 얕은수를 쓰겠습니까."

"그건 세희 님의 말대로 제가 아직 미숙하기 때문이겠죠."

"호오?"

세희의 눈에 이채가 돌았고, 소희는 당당하게 그 앞에 서서 또 다른 세계의 자신을 올려다보며 말했다.

"자신의 부족함을 스스로 깨닫게 되는 것만큼 분하고 굴욕적인 일이 세희한테는 얼마 없으니까 말이죠."

오기가 가득 찬 눈빛으로 말이다.

"하지만! 저는 그 누구보다 유능하다고는 하나, 자신의 감정에 솔직하지 못하게 된 세희 님보다는 올곧은 마음을 지니고 여러모로 **성장하고 있는** 제가 더 성훈 씨에게 어울리는 세희라고 생각해요."

있는 힘껏 가슴을 펴고서.

"……호오."

파직, 파지지직.

세희와 소희 사이에 번개가 튀었다.

허허허, 나도 그간 아이들과 지내면서 상식을 뛰어넘는 일을 많이 봐 왔지만 말입니다. 사람과 귀신의 눈빛이 부딪치자 그 사이에서 스파크가 일어나더니 전기가 발생하는 건 처음 본다.

다시 말해, 둘 사이에서 진짜로 전기가 튀고 있다는 말이다. 당연하지만 내 방에는 피뢰침이 없고, 둘 사이에서 발생한 전기는 사방으로 날뛰었다.

그나마 내 쪽으로 튀는 전기는 세희와 소희가 손과 부채(!)로 막아 줬다는 건데…….

"앗따따따따따따거어어엇!!"

안쓰럽게도 기절해 있던 에이에게는 그런 사람이나 귀신이 없었다.

그야말로 마른하늘에 날벼락을 맞은 에이는 뭍으로 올라온 물고기처럼 몸을 파닥거렸다.

저런…… 그런 게 바로 고래 싸움에 새우 등이 터진다는 거다. 내가 지리산으로 오고 나서 가장 애용하는 속담이기도 하지.

이상한 곳에서 동질감을 느낀 나는 손을 들어 세희와 소희를 말렸다.

"그 정도로 해. 그러다가 애먼 녀석 하나 잡겠다."

"예."

세희는 손을 거두며 한 발자국 물러나 허리를 굽히며 말했고, 소희는 부채를 펼쳐 입을 가리고서 말했다.

"성훈 씨 앞에서 못 볼 꼴을 보였네요."

……그런 말을 하기에는 조금 늦은 것 같은데.

"이제 와 내숭입니까?"

내 생각을 읽은 것처럼 세희가 그 부분에 딴죽을 걸었지만 소희는 그저 노려보기만 할 뿐, 아무 말도 하지 않았다.

"아아앗! 맞다! 그 망할 까치 요괴!"

그사이 전기 충격에 정신을 차리고 상황을 떠올린 에이가 대신 소리를 질렀다.

그 높은 음색이 살짝 듣기 거슬려 인상이 찌푸려지자 소희가 탁 소리가 나게 부채를 접고서 에이를 가리키며 말했다.

"성훈 씨가 허락하신다면 저것에게 금언술을 쓸게요."

"아니, 그럴 것까진 없고."

그냥 말 한마디면 되는데 귀찮게 금언술은 왜 써.

"야."

나는 성난 표정 그대로 나를 올려다본 에이에게 말했다.

"잠깐 조용히 좀 있어."

"하아앙?? 웃겨, 정말! 꼰대 오빠, 지금 그게 나한테 할 말이야? 응?"

그렇군.

나는 세상에 사커 킥이라는 게 있다는 사실을 에이의 몸으로 깨닫게 해 주고 싶었지만, 참았다.

폭력은 나쁘니까요!

"지금 내가 누구 때문에 죽을 뻔했는데! 하마터면 턱 부서질 뻔했단 말야! 진짜 말도 안 돼! 어떻게 된 애가 사람을 그렇게 무식하게 찰 수 있어? 미친 거 아냐? 응? 무슨 애가 발에 사정을 안 두는데? 가정 교육을 대체 어떻게 받은 거야? 깜짝 놀라서 안개로 변해서 망정이지, 진짜 훅 갈 뻔했단 말야! 거기다 지금 그건 뭐였어? 엄청 따끔했단 말야! 세상에,

242
나와 호랑이님 25

기절했던 사람을 누가 그렇게 깨워?!"

이야.

나한테 맞아 죽을 뻔하고 무서워서 기절까지 한 뒤.

나래에게 머리를 잡혀 몇 번이나 벽에 처박혀서 살아남기 위해 기절한 척을 하고서.

치이의 발차기 한 방에 나가떨어졌던 녀석이라고는 볼 수 없는 건방진 태도에 나는 진심으로 감탄했다.

그래, 그래야지. 아암, 그렇고말고.

건방진 꼬맹이라면 그 정도 근성은 있어야지. 몇 번 맞고 혼 좀 났다고 꼬리를 말고 고개를 숙이면 그게 어디가 악동이냐.

안타까운 건 내 방에서 그렇게 생각하고 있는 게 나뿐이라는 거다.

"……."

"……."

"……어?"

치이에게 맞아 기절했다는 사실에 시야가 좁아져 있던 에이도 이제야 내 양옆에 서 있는 세희와 소희에게 눈이 돌아간 것 같다.

특히 소희를 보자 식은땀까지 주르륵 흘리기까지 했다.

"세희 언니한테 동생이 있었어…… 요?"

졸지에 세희의 동생 취급을 당한 소희의 표정이 변하려는 순간, 활짝 펼쳐진 부채가 내 시선을 막았다. 하지만 좁혀진 눈매를 보아하니 지금 소희가 무슨 표정을 짓고 있는지는 물어볼 필요도 없겠지.

그와 달리 세희는 배 위에 두 손을 올려놓았다. 언제든지 배를 잡고 웃을 준비가 끝났다는 듯이.

나는 세희가 웃고, 소희가 망가지며, 에이가 저세상 열차를 타는 일을 막기 위해 손을 저으며 말했다.

"얘는 세희 동생이 아니라 소희다."

"······뭐가 다른 건데?"

"크흡."

에이의 대답에 세희는 웃음을 터트리기 일보 직전이 되었고 부채를 든 소희의 손등에는 굵은 힘줄이 돋았다.

애초에 내가 설명을 잘못한 거라 뭐라 할 말도 없네요!

"성훈 씨, 제가 설명해도 괜찮을까요?"

결국 소희가 나섰지만 나는 고개를 저었다.

일부러 에이에게 집안 사정을 설명해 줄 필요는 없으니까.

"······알겠어요."

소희도 내 뜻을 짐작했는지 순순히 고개를 끄덕이고 뒤로 물러났다.

아주 살짝 불만이 남은 것 같았지만.

"응? 응? 뭐야? 뭔데? 말 좀 해 봐, 꼰대 오빠. 나만 바보 된 것 같잖아."

에이는 세희와 소희를 번갈아 보며 내게 물었지만, 나는 가볍게 무시하고 세희에게 말했다.

"그보다 넌 바깥에 볼일 있던 거 아니었어? 슬슬 안 가 봐도 돼?"

"아쉬운 건 그쪽이니까 약속 시간에 조금 더 늦어도 괜찮습니다."

이미 늦었다는 이야기죠.

나는 아무리 그래도 그건 예의가 아니라고 생각했지만, 소희는 조금 다른 식으로 받아들인 것 같다.

"그런 식으로 자신이 우위에 서 있다는 것을 표명하는 건 거시적으로 보았을 때 그리 좋은 방식이 아니라고 생각해요."

"뿌린 대로 거둔다, 이 말씀이십니까? 걱정하실 것 없습니다. 그건 **제가** 걱정할 일이 아니니까요."

그러면 누가 걱정해야 하는데?

"그렇게 또 성훈 씨에게 부담을 늘릴 생각이신가요?"

저였습니다!

"전 세희 씨의 방식에는 찬성 못 하겠어요. 아직 정신적으로도, 육체적으로도 성장의 여지가 있으신 성훈 씨는 **연장자**의 보호와 관심 속에 그 가능성을 꽃피워 나가야 생각하니까요."

"놀랍게도 저 또한 소희 님과 같은 생각입니다. 다만 슬픈 것은 주인님과 안주인님, 그리고 저희에게 그런 시간적 여유가 충분하지 않다는 것이겠죠."

"그 시간을 벌어야 했던 게 이 세계에 계셨던 세희 님의 의무 아니었을까요? 아니면, 이것도 단순한 능력 부족이라고 하실 셈이신가요?"

세희의 무표정이 깨지고 오른쪽 눈썹이 꿈틀거렸다.

"제가 그 일에 전념할 수 없었다는 것은 소희 님도 아시지 않습니까?"

"그렇다면 적어도 세희 님의 개인적인 사정으로 인해 성훈 씨에게 가혹한 일정을 소화해 나가게 만든 것에 대해 반성하고, 지금과 같은 일은 없도록 주의하셨어야죠."

세희가 눈가를 찌푸리며 말했다.

"……이래서 제가 당신이 이쪽으로 오는 것을 막았던 겁니다. 감히 저에게 그런 얕은수를 쓰시는 겁니까?"

"다시 말씀드리지만, 저희에게 가장 분한 일은 자신의 부족함을 스스로 깨닫게 되는 것이죠. 저는 소기의 목표를 달성한 것만으로도 충분히 만족해요."

……소희가 뭔가를 노리고 세희에게 말한 것 같은데, 나는 그게 뭔지를 모르겠다.

알 수 있는 건 세희의 감정이 크게 요동쳤다는 거고, 그 여파를 받은 건 나라는 거다.

"저기, 오빠. 응? 저기용. 안 말려도 돼? 이러다가 나한테까지 불똥 튈 것 같은데. 아니면 말이야. 난 여기 없어도 되잖아? 그러니까 다른 곳 좀 가면 안 될까?"

덤도 하나 있었군.

"응, 안 돼."

나는 품속에서 계약서를 꺼내 에이의 눈앞에서 살랑살랑 흔든 뒤 다시 집어넣었다.

"쫌생이. 진짜 왕쫌생이."

계약서에 가려졌다 다시 보인 에이의 표정은 레몬을 씹어 먹은 사람처럼 변해 있었고.

그러거나 말거나, 나는 슬슬 또다시 번개를 튀길 것 같은 세희와 소희 사이에 끼어들었다.

"둘 다 그만하고."

"알겠습니다, 주인님."

"예, 성훈 씨."

내 한마디에 세희와 소희는 군말 하나 없이 언쟁을 마쳤다. 마치 내가 끼어들면 그러기로 약속이라도 한 듯이.

살짝 어리둥절했지만, 할 말이 남은 나는 세희를 보며 말했다.

"세희, 넌 네 입으로 약속 시간 늦었다고 했으니까 빨리 가 봐라. 아, 가면서 상대가 좋아하는 선물 같은 것도 챙겨 가고."

내가 아니라면 눈치챌 수 없을 정도로 세희의 인상이 미묘하게 찌푸려졌지만, 나는 계속해서 말했다.

"약속이라고 했잖아. 중요한 인물이라고도 했고. 그런데 늦었으면 그 정도 성의는 보여야지."

상대가 누군지는 모르겠지만, 괜한 문제를 일으킬 필요는 없겠지.

내가 귀찮아지니까!

"알겠습니다, 주인님."

내가 물러날 생각이 없어 보이자 세희가 허리를 숙이며 인사를 한 뒤 연기처럼 방에서 사라졌다.

그렇게 방에 남은 건 나와 소희, 그리고 세희가 방에서 나간 것에 안심하고는 두 다리를 쭉 펴고 바닥에 앉아서 숨을 돌리고 있는 에이였다.

나는 일단 에이는 가만히 놔두고, 뿌듯한 표정으로 허리를 쭉 펴고 안 그래도 오똑한 코를 높이 세운 소희에게 말했다.

"너도 알고 있겠지만, 그래도 말은 해 놔야겠다."

나는 어딘가의 악역 영애처럼 보이는 모습 그대로 굳어 버린 소희에게 말했다.

"세희한테 너무 뭐라고 하지 않아도 돼. 그 녀석이 나한테 조금 과할 정도로 엄하게 구는 건 맞지만, 그게 지금까지 큰 도움이 된 것도 사실이니까."

그렇지 않았다면 지금까지 몇 번이고 더 무너져 내렸을지 알 수 없다.

……뭐, 그때도 가족들의 도움을 받아 어떻게든 일어섰겠지만 말이지. 그래도 걱정을 덜 끼치는 게 좋은 거 아니겠어?

"그건 저도 알아요."

그리고 소희는 고개를 끄덕였다.

"하지만 솔직하지 못하신 세희 님을 보고 있자면 조금 답답한 기분이 들 때가 있어서 참지 못했네요."

소희의 말에 나는 피식 웃었다.

"그건 어쩔 수 없는 거고."

세희는 그렇게 반만년 동안 살아왔다. 아니, 귀신으로 지내

왔다. 그런데 아무리 마음속의 한이 풀렸다 한들 한순간에 바뀔 수 있겠어? 가뜩이나 머리가 좋은 녀석이라 이것저것 고려해야 할 것도 많은데.

당장 나를 봐. 겨우 17살 애송이에 아는 것도 없는데 고집만 강해서 지금 이 모양 이 꼴이잖아?

"서, 설마 알고 계셨나요?"

그런데 소희는 뭐가 그리 놀라운지 벌어진 입을 부채로 가릴 생각도 하지 못하고 두 눈을 동그랗게 뜨고서 나를 보았다.

……이래서 천재라는 애들은 무서워. 사람이 무슨 한마디만 하면 지리산에서 북유럽까지 갈 수 있을 법한 상상의 날개를 편다니까?

"그건 네가 알아서 판단하고."

"꺅?!"

그래서 나는 그 날개를 접으라는 뜻으로 살짝 벌어진 소희의 입안으로 손가락을 하나 찔러 넣었다 잽싸게 뺀 뒤.

"지금은 일부터 하자."

적어도 세희가 돌아오기 전까지 오전 업무는 끝내야 할 것 같으니까.

"이, 이런 장난으로 제 주의를 돌리려 하신다는 걸 제가 모를 것 같나요?"

그렇게 말하면서도 소희는 붉어진 얼굴을 부채로 가리며 시선을 피했다. 아무것도 들지 않은 반대쪽 손을 부채로 가린 입가로 가져다 대는 건 다 보이지만.

　이런 게 알면서도 당한다고 하는 거다, 소희야.

　"아, 그리고."

　주의를 돌린다는 거는 이런 거고.

　"내가 일하는 동안에 너는 여기서 쉬고 있어라. 밖에 나가지 말고."

　잠깐 동안 할 일 없이 있던 에이는 내 말에 고개를 갸웃거리며 말했다.

　"갑자기 왜 그래?"

　왜 그러긴.

　줄이라는 건 당기기만 하면 결국 끊어지는 법이다.

　내가 이 녀석을 굴리기로, 크흠! 적절한 교육을 통해 적어도 길 가다가 뒤통수 맞고 야산에 묻히지 않을 정도의 인성으로 교화시키고자 마음먹은 이상! 충분한 휴식은 반드시 필요한 법이다.

　나는 그런 이유를 돌려서 말하려고 했지만, 에이의 말은 아직 끝나지 않았었다.

　"뭐 잘못 먹었어? 응? 아까만 해도 사람 못 잡아먹어서 안달이던 것처럼 굴더니. 뭐야, 설마 지금 재 앞이라고 '여자애한테 상냥한 나, 멋지지 않아? 반할 것 같지?' 같은 거 하려는 건 아니지? 꺄하하핫♥ 그렇게 생각하니까 개, 아니, 진짜 웃기다. 저기, 꼰대 오빠♥ 혹시 누가 꼰대 오빠한테 눈치도 없고 재수도 없다고 말 안 해 줬……."

"지금 당장 나가서 찬물로 손빨래를……."

"잘 쉴게, 오빠! 웅! 정말 열심히 쉴게요!"

말로 끝나지 않고 방바닥에 대자로 누워 버리는 에이를 보고 있자니, 나도 모르게 실소가 튀어나왔다.

그 모습이 마치 우리 집 아이들처럼 보였으니까.

"후……."

그렇다 한들 변하는 건 없다.

나는 눈앞에 놓인 서류 더미를 보고, 고개를 돌려 소희를 보았다.

"시작할까."

"예, 성훈 씨."

일하자, 일.

숨 쉴 틈 없는 변화 속에서도 어제와 같은 오늘을 느낄 수 있는 일은 있어야 하는 법이니까.

쉬어 가는 이야기

인적이 드문 곳에 위치한 폐건물.

한때 이곳이 카페였다는 사실을 알려 주는 기울어진 테이블을 사이에 두고서, 귀신은 마주앉은 흡혈귀에게 말했다.

"조금 늦었습니다."

도저히 약속 장소에 두 시간이나 늦은 사람이라고는 볼 수 없는 여유로운 모습으로.

"……조금?"

그와 달리 정확히 2시간 30분 동안 그녀를 기다려 왔던 약속 상대, 알리사르라 샤키 르비야의 표정은 불쾌감으로 차갑게 굳어 있었다.

하지만 세희는 화가 난 듯 보이는 알리사르라에게 은은한 미소로 답했다.

"제 기준으로는 말이죠."

그녀 역시 오랜 세월을 살아왔으니 자신의 속마음 정도는 숨길 수 있겠지만, 감정을 가진 요괴인 이상 어쩔 수 없이 드러난 것도 있었으니.

그것은 누군가에 대한 걱정과 염려였다.

그렇기에 알리사르라가 다리를 바꿔 꼬며 다시 한번 자신의 불쾌함을 표현했지만, 세희가 보기에는 궁지에 몰린 고양이가 털을 부풀리는 것과 다름없었다.

"하지만 제 주인님께서는 그리 생각하지 않으셨습니다."

발톱을 세우면 귀찮아지는 고양이가 말이지.

"제게 당신이 좋아할 만한 소정의 선물을 준비해 가서 약속에 늦은 것을 사과하라 종용하시더군요."

세희는 그렇게 말하며 소매에서 작은 유리병 하나를 꺼냈다.

누군가의 붉은 피가 가득 담겨 있는 병을.

"커피의 향과 맛을 모르시는 알리사르라 님을 위해 특별히 준비한 음료입니다."

유리병을 차가운 눈으로 내려다보던 알리사르라의 입가가 비틀렸다.

"이 늙은이가 분명 말했을 것이야."

그날 이후, 그녀가 피를 입에 대는 일이 없었다는 것을.

"그게 무슨 상관입니까?"

세희는 가볍게 말하며 그녀의 쪽으로 유리병을 스윽 밀었다.

"이는 저희의 왕께서 당신에게 하사하신 물건입니다, 알리사

르라, 당신은 이 의미를 모르시는 겁니까?"

"뭐-, 자네의 말이 사실이라면 그렇겠지. 허나 그가 그런 못돼 먹고 속이 꼬여 있는 자로는 보이지 않네."

누군가와는 다르게.

"이는 분명 자네가 이 늙은이에게 부리는 심술일 것이야. 그러니 거절하지."

다시 자신에게 돌아온 유리병을 내려다보며 세희는 한쪽 입꼬리를 슬쩍 올렸다.

"이 피가 당신이 애지중지하는 그녀의 것이라 해도 말입니까?"

그 말을 듣는 순간 알리사르라의 몸에서 요기가 치솟아 올랐다. 실체화된 그녀의 요기에 땅이 요동치고 건물이 흔들렸지만, 신기하게도 테이블 주변만은 조금 전과 변함이 없었다.

아무 일도 없었다는 듯 커피 잔에 입을 대는 세희처럼.

그 모습을 본 알리사르라는 요기를 갈무리하며 자신이 실책을 저질렀다는 것을 깨달았다. 애초에 병에 담긴 혈액이 그녀의 것이 아니라는 것은 보는 순간 알 수 있었는데 말이다.

허나, 몸 안에 얼마 남지도 않은 피가 끓어오르고 있다. 지난 수천 년 동안 억눌러 온 포악한 요괴의 일면이 영악하게 이를 드러내려 한다.

그만큼 세희의 도발은 그녀에게 쉽게 넘길 수 있는 것이 아니었다.

"그런 농은 다시는 하지 말게나. 이 늙은이의 인내심에도 한

계가 있으니."

이미 한 번 가족을 잃은 경험이 있는 그녀에게 이것은 자신의 관에 타지의 흙을 뿌리는 것이나 다름없었으니까.

그렇다면 그녀에게 그 대가를 받아 내야 한다.

"그렇습니까?"

물론, 눈앞의 상대는 그런 걸 신경 쓰는 성격이 아니었다.

"하지만 알리사르라 님께서 이런 농담을 듣기 싫으셨다면, 뒤에서 지켜보기만 하는 게 아니라 그분을 자신의 옆에 두셔야 했던 것 아니겠습니까?"

"그렇게 생각하는감?"

또한, 세희의 앞에 있는 자 역시 한때 눈앞에 무서운 것이 없던 자였다.

"이상하이. 내가 아는 누구 씨는 먼 옛날에 소중한 가족의 옆에 딱 달라붙어 있고 싶다는 마음 때문에 잘못된 선택을 하여 안타까운 참사가 벌어지는 걸 방관하였다 들었는데 말이야."

세희가 들고 있는 손잡이가 파삭 소리를 내며 바스러졌다.

그 모습을 보며 알리사르라는 이를 드러냈다.

"그렇게 보면 내 선택이 그저 틀렸다고만 볼 수는 없지 않나?"

사용한 지 오래되었지만, 그 날카로움만은 여전한 송곳니를.

"죄송합니다만, 알리사르라 님. 그 예시는 올바르지 않습니다."

하지만 세희는 개의치 않았다.

그녀는 자신을 위협하는 흉기가 있다면, 그것을 부러뜨리고 앞으로 나아가는 것을 선호했으니까.

"그때의 저는 당신과 같은 보호자가 아니라 피보호자의 입장이었으니 말이죠. 백보 양보해서 알리사르라 님의 근본 없는 근거를 기반으로 고민해 본다 한들, 제 방식이 올바르다는 것은 자명한 사실입니다."

때로는 명석한 머리로.

"제가 오라버니의 울타리 안에 있었기에, 오라버니께서는 당신의 모든 것을 희생해 끝까지 저를 지켜 줄 수 있으셨습니다. 저 또한 이를 본받아 제 주인님과 안주인님, 그리고 그 가족분들을 지금까지 큰 문제없이 지킬 수 있었으니까요. 하지만 보십시오. 당신은 같은 실수를 다시 한번 반복할 지경에 처하지 않았습니까?"

때로는 독사의 혀로.

"그렇기에 저는 알리사르라 님의 방식이 틀렸다고 말할 수 있습니다."

세희의 냉정한 대답에 알리사르라는 예상 밖이라는 듯, 곤란한 표정을 지으며 말했다.

"……극복했는가?"

"주인님 덕분에 다행히도 말이죠."

세희는 손잡이 없는 커피 잔을 손짓만으로 테이블 위로 내려놓으며 말을 이었다.

"그러니 일부러 제 분노를 사 당신의 목숨을 바치는 대가로 그녀의 사면을 노리는 얄팍한 수는 통하지 않습니다."

"뭐, 그런 생각은 조금밖에 없었네만."

알리사르라는 팔짱을 껴서 자신의 풍만한 가슴을 보란 듯이 과시하며 말했다.

"내 쓸모없이 자네의 상처를 헤집기만 했군. 미안하네."

"괜찮습니다. 다시 한번 말씀드립니다만, 극복했으니까 말이죠."

세희는 이미 차갑게 식어 버린 커피를 마셨다.

이런 추운 겨울날에도 아이스 아메리카노를 마시는 이들이 이상하다는 생각을 하고 있을 때.

알리사르라가 말했다.

"그래서, 대체 원하는 게 뭔가."

지금 막 소매에서 보온병을 꺼내려던 세희는 손을 멈추고 알리사르라에게 대답했다.

"제 주인님 말씀이십니까? 주인님께서는 그 아이가 꽤나 마음에 드신 모양입니다. 한동안 당신의 옆에 두고서 버릇을 고쳐, 실례, 마음껏 귀여워해 주실 생각이신 것 같더군요."

세희의 대답에 알리사르라는 흐뭇한 미소를 지으며 말했다.

"그렇게 해 준다면 나야 고맙지. 나로서는 할 수 없었던 일이니."

"원래 다 그런 것 아니겠습니까."

짧은 문답이 끝난 뒤, 폐건물 안에 따뜻한 커피를 따르는 소리만 가득 차던 것도 잠시였다.

"그래서."

그 고요를 깬 것은 이번에도 알리사르라였다.

"대답은 언제 들을 수 있겠나."

세희가 고개를 갸웃거리는, 성훈이 봤다면 어울리지 않는다고 평할 몸짓을 하며 말했다.

"말씀드리지 않았습니까? 주인님께서는……."

"아니, 아니네."

자신의 말이 끊겼다는 사실에 불쾌감을 나타내는 세희를 보면서도, 알리사르라는 말했다.

"나는 세희, 자네에게 물었다네."

조금 삐뚤어지긴 했으나 그 성정만은 착한 소년이 아닌.

그 속에 무엇을 담고 있는지 모를 귀신에게.

"이번 일로 자네가 무엇을 이루고자 하는지 말이야."

세희는 그 질문에 미소로 답했다.

커피잔을 가득 채운 에스프레소보다 더 짙은 미소로.

글쓴이의 끼적끼적

안녕하세요, 카넬입니다.

또다시 오랜만에 뵙게 됐네요.

24권이 1월 달에 나왔고, 지금 후기를 쓰고 있는 건 10월이
니까…….

11월에 나온다고 생각하면 10개월 만일까요?

그래도 저번 권보다는 조금 빨리 나와서 다행이네요. 독자
님들께 한 약속을, 미흡하게나마 지킬 수 있게 됐으니까요.

독자님들은 잘 지내고 계신가요?

올해 여름은 무지막지하게 더웠고, 추석도 추석 같지 않았잖
습니까. 거기다 이번 겨울은 또 끔찍하게 추울 거라고 합니다.

다들 건강 주의하세요.

뭐랄까, 하고 싶은 말이 너무 많아서 오히려 할 수 있는 말이 없네요.

작가는 글로 말해야 한다고 세뇌를 당했기 때문일지도 모르겠고요.

……그래서 연재할 때는 몰랐던 이상한 부분을 교정을 보면서 조금 고쳤습니다. 내용상 달라진 부분은 없지만요.

그럼, 저는 이만 말을 줄이겠습니다.

부디 행복하시기를.

─── ◆본 작품의 의견, 감상을 기다리고 있습니다◆ ───

보내실 곳 _

서울시 구로구 디지털로32길 30 코오롱디지털타워빌란트 1301-1308호
우편번호 08390
(주) 디앤씨미디어 시드노벨 편집부

카넬 작가님 앞
영인 작가님 앞

카넬 시드노벨 저작 리스트

나와 호랑이님 25

초판 1쇄 발행 2024년 12월 12일

지은이_ 카넬
발행인_ 최원영
편집장_ 이호준
편집디자인_ 박민솔
영업_ 김민원 조은걸

펴낸곳_ (주) 디앤씨미디어
등록_ 2002년 4월 25일 제 20-260호
주소_ 서울시 구로구 디지털로32길 30 코오롱디지털타워빌란트 1301-1308호
전화_ 02-333-2513(대표)
팩시밀리_ 02-333-2514
E-mail_ seed_dnc@dncmedia.co.kr

값 8,500원

ISBN 979-11-6145-669-0 04810
ISBN 979-11-956396-9-4 (세트)